# いのちの生かし方

## 人はどう生きるか

水野杏一
Mizuno Kyoichi

文藝春秋
企画出版部

「人のために役に立たなければ、生きている意味がない」　水野咲子

妻・咲子

「私達の心の枝に幸せの花を
**咲**かせてくれてありがとう。
巡る**季**節の中
いつも優しく他人を優先してきた
あなたを忘れない」

亡くなってすぐに妻をよく知る方から
一遍の詩をいただいた。
詩には妻の名前「咲子」という文字が
散りばめられている。

# いのちの生かし方

## 人はどう生きるか

# はじめに

「ひとりの人間が生きた『物語』は、かつて書かれたどんな物語よりも、比較にならないほど偉大で創造的な業績なのである」

（ヴィクトール・E・フランクル『人間とは何か　実存的精神療法』より）

私の妻、水野咲子は六十三歳という若さで天に帰った。二〇一五年三月二十二日、春分の日の翌朝のことである。その年の女性の平均寿命は八十七歳だったから、妻は早世したといっていいだろう。今、私が入居している介護付き老人施設の女性の平均年齢も八十七歳であり、もし妻が生きていたなら、この施設では大変若い年齢層に属していたはずだ。

人の寿命には限りがあり、永遠に生きることはできない。また、その生が与えられているのは一回限りである。それにも拘らず、元気なうちは、死は誰にでも必ずやってくるという生命の有限性を意識しながら生きている人は少ない。

私たちは、意識しているにせよ無意識にせよ、もっと長く生きたいと思っている。しかし、たとえ長く生きたとしても、命の長さから、その人の人生の価値や幸せや充足感を判断することはできない。人の一生を伝記の本に例えると、伝記の価値はその長さ、すなわちページの多さによってではなく、その内容の豊かさによって判断されるべきものである。

「人民の人民による人民のための政治」の演説で有名なアメリカ合衆国第十六代大統領エイブラハム・リンカーンが「最終的に、大切なのは生きた年月ではなく、その年月にどれだけ充実した生があったか――In the end, it's not the years in your life that count. It's the life in your years」という言葉を残している。また、アメリカ建国の父で、若者に最も薦めたい思想家の一人であるベンジャミン・フランクリンは「長い人生が良い人生だとはかぎらない。しかし、良い人生は充分に長い」と言っており、多くの賢人が同様なことを語っている。

妻が亡くなる前、私に残したのは「人のために役に立たなければ、生きている意味がない」という言葉であった。間もなく世を去るという自分の状況を受け入れ、まさに死の渕から、周りにいる私たちに生きる意味を伝え、人生の案内人として最後の役割を果たそうとしたのである。

妻は若い時から患っていた破懐性関節症の激烈な痛みに加え、中年以降は脊椎圧迫骨折、不整脈による失神発作などに悩まされ、脳に腫瘍が発見されてからは放射線療法による吐き気、食欲不振にも見舞われた。しかし、かかる健康状態にも拘らず、周りの人を常に慈しみ、自分より他人を優先させる生き方を生涯貫いたのである。
そうした妻の生の歩みを次のような文章にまとめた挨拶状を、葬儀の際、参列してくださった方々へ御礼の品に添えて渡した。

**「他を優先」**

頭蓋底腫瘍の手術を受けることが決まっていた今年の一月、妻・咲子が述べた言葉である。「他の人に役立つこと」が今まで妻の生き方であった。思い起こせば二十数年前、義父が硬膜下血腫で手術を行った時、「自分はお父さんのためになにもできないので、献血をしてきた」と言っていた。妻の献血した血液が父のために使われるわけではない事を知りながら、何かをしなければならないという気持ちが、元来丈夫でなく四〇kgに満たない体ながら、他人のために役立つよう自分の血液を提供したのだ。

**「思いやり」**

妻の頭蓋底腫瘍の手術後、通院しながら放射線治療を行った。体力の消耗の為、妻一人ではタクシーにも乗れず、私が往復付き添った。幾日も付き添いが続くと私の仕事に支障が出ると妻は考えたらしく、内心で自宅療養を希望していたのに、嫌がっていた入院での放射線治療に切り替えた。吐き気や痛みなどがあったが、他の人に心配かけまいと、いたって平静を装っていた。常に他に対する思いやりを優先する人生であった。

**「辛抱強さ」**

腫瘍のため強い頭痛があったはずだが、「あまり痛いとは言わないです」と看護師が言っていた。頻繁にあれこれと看護師に訴えて、他の人への看護の邪魔にならないよう、常に他の人を優先させるようにとの配慮だった。辛抱強さは思いやりの深さであった。

**「死への予感」**

二〇一三年に私が会長として主催した日本循環器学会における講演を聞いた妻は、涙があふれたという。「これで自分の任務は終わったと思った」と、後日語っていた。私の日常生活の世話は勿論、仕事に関しても秘書が付くようになるまで、学会でのパワーポイント作成、旅行など準備をすべて行っていた。体調がすぐれなくなってから、「やるべきことはやった」と言っていた。人のために役に立たなければ、いつ死んでも良いと思っていた。本人にとって充実した人生であったはずだ。

## 「今生の人生の役割」

自分の体をなげうって他の人にも私にも尽くした妻の人生は、今生の役割を果たし、満ち足りた気持ちで永眠したと思われる。再びこの世に戻ってくることを誓い、大いなる宇宙へ帰って行った。

この挨拶状を葬儀に出席できなかった知り合いに送ったところ、意外にも多くの反響があった。名古屋に住む親しい医師は、この挨拶状を読んで「涙を流してしまった」と伝えてきた。久留米在住の教授からは「挨拶状は長い文であったが、久しぶりに最後まで読んだ」と連絡があった。後輩の医師は「人の役に立たなければ生きている意味がないとおっしゃっていらした奥さまの生き方を想像すると、まだ自分は修行が足りない」と言ってくれた。故郷の私の叔父は「このような生き方を知って、自分の方が先に死んで、その分咲子さんに長生きをして貰いたかったと思った」と語った。

ホスピス医の堂園晴彦は著書で「尊厳を失うことなく死んだから、残された人に感動を与えるのでは決してないと思います。辛いことに弱音を吐かず、くじけず、人を裏切らず、いつも人の役に立つ生き方を心がけてきたからこそ、残された人の心に感動を残していくのではないでしょうか」と書いているが、まさしく妻の事を述べているようであった。妻の生き方は、多くの人に感動を与えた。身体的存在は死によって無に帰しても、人生の意味を求めた妻の本質は死によってなくなるものではない。妻の生き方を綴った挨拶状が、あまりに反響が大きかったため、妻の生き方をもう少し詳しく伝えることが、私に課せられた責務であるように感じられた。

自分にとって亡き妻のために役に立てることがあるとすれば、彼女の意味ある生き方を残すことではないかと思ったのである。そして、妻亡きあと、その生と死を探るべく様々な本を読み漁り、その中で出会った言葉を、妻の生き方に重ね合わせ、多くの人の心の中に残ってほしいと考え、この本の中で紹介した。

参考文献

『人間とは何か　実存的精神療法』ヴィクトール・E・フランクル著　山田邦男監訳　岡本哲雄・雨宮徹・今井伸和訳　春秋社　二〇一一年
『超訳ベンジャミン・フランクリン文庫版』青木仁志編訳　アチーブメント出版　二〇一九年
Abraham Lincoln　*Quote Planners*　Amazon　2023
『それぞれの風景　人は生きたように死んでゆく』堂園晴彦著　日本教文社　一九九八年

いのちの生かし方　人はどう生きるか　目次

はじめに……3

第一章　妻と私、そして家族……15

心のつながり　16
起きて半畳、寝て一畳　23
妻と家族　30
ご寛恕《かんじょ》ください　37
恩　43
父の魔法の言葉　48

## 第二章　妻の本音……55

妻の本音　56
妻としての矜持　62
妻と車　68
志《こころざし》　74
チャンスの神様は前髪しかない　80
大いなる誤解　86
マーフィーの法則と妻の万全の準備　93
今、どこですかー　99
有言実行か不言実行か　105

# 第三章　妻の人柄


第三章　妻の人柄……113
シャイ　照れる　114
私は基本的にアッサリした人間だから　120
原発中止と言うなら、スマホをやめるべきよ　126
好きなことをやらせてもらい、楽しんだから　132
妻とオペラ　Ⅰ　146
妻とオペラ　Ⅱ　153
一流のものに触れる　160
花を育てること　166
光の春　171

## 第四章　妻と山……177


山行への誘い　178
さらなる山への誘い　185
山歩きのコツ（鳥海山）　191
初めての単独宿泊山行（北八ヶ岳）　197
妻の無駄骨（穂高岳Ⅰ　上高地から涸沢まで）　205
妻の頑張り（穂高岳Ⅱ　涸沢から奥穂高まで）　212
空木岳は好き、尾瀬は好みではない　218
幻の御来光（槍ヶ岳）　224

第五章　妻の晩秋……231
人生は帳尻が合う　232
早く逝ったほうが勝ち　239
悔恨　246
二人だけのお正月　251
妻と病気　Ⅰ　257
妻と病気　Ⅱ　263
妻の最後の仕事　270
人は神ではない　276

第六章　妻の生涯、その意味……283
人にやさしく自分に厳しく　284
ボランティアと奉仕　290
伯父　296
ドネーション（寄付）　303
内なる成功　309
死と生の意味　315
おわりに……321
水野咲子　略年譜……326

# 第一章　妻と私、そして家族

# 心のつながり

## 親子は一世、夫婦は二世

「親子は一世、夫婦は二世」という諺《ことわざ》がある。「親子は一世」とは、親子の関係は現世（この世）だけで終わる一世のもの。「夫婦は二世」の二世とは、現世と来世を合わせて二世の意味である。夫婦になるとは来世までも末永く連れ添うことであり、愛情や信頼で結ばれた夫婦の方が、血縁である親子より結びつきが強いという意味の言い伝えである。普段この諺を聴くことは少ないが、結婚式のスピーチでよく取り上げられ、私も離婚の不安がある新郎新婦の結婚式に使ったことを覚えている。

仏教では「過去、現在、未来」のことを三世と呼ぶ。「親子は一世、夫婦は二世」とは、仏教を由来とする言い伝えなのだろう。夫婦より親子関係が中心の日本で、このような言い伝えがあるのを奇異に感じたが、この先に「主従の関係は三世」と続くことが肝要だったのだ。つまり、この諺は封建時代の為政者に都合よく作られたもので、主従関係の強い絆は親子、夫婦に勝るものであるということを言いたかったのだろう。一方、師弟は七世という言葉があるそうだ。師匠として、自分の全てを伝授し育てると、その影響は七世まで繋がり、主従の関係よりもっと深い関係で結ばれるという。私はそこまで考えて、学生や医師を教育してきただろうかと、背中に薄ら寒さを感じざるをえない。

封建時代と異なり、主従関係が希薄になった現代において、「三世」続く絆などもはや存在しない。では、「夫婦は二世」といえるほどの強い絆《つながり》はあるのだろうか。現代の多くの夫婦は、かつてのように家同士の都合に基づく結婚ではなく、結婚も離婚も自ら選択できるので、夫婦のつながりは「心」ということになろう。離婚の理由は様々であるが、心のつながりが弱いと、すぐ離婚という事態に至ってしまう。離婚に至らないためにも、夫婦の絆《つながり》は親子の絆より深く持つべきなのだ、と私は考えている。

妻と私の心のつながりは、どのように形成されたのだろう。多くの夫婦がそうであるように瞬間的に作られたものではなく、二人の長い生活の間に形作られたものであろう。

私は、医学部六年生の時、実際の診断や治療、カルテの書き方、患者とのコミュニケーションのとり方などを勉強するため、内科の病棟に四週間配属された。指導医と共に患者を受け持ち、毎日病室で患者と対面するようになる。そのうち初めての患者が妻であった。彼女が大学二年生のときのことだ。

体重減少が主な症状であった。患者としての妻は、言葉数が少なく、青白い顔をし、物静かで愁いを感じさせた。精神的に不調であり、胃腸の調子もよくなかった。以前、甲状腺機能亢進症（バセドウ病）で入院治療を行ったことがあり、それと類似の症状のようでもあったが、ホルモン検査をしても異常はない。種々の検査で肉体的な病気ではないことがわかり、退院することになった。体重減少は心因的なもので食事をあまり摂らないからであろうと、診断された。

退院はしたものの、彼女が食事を摂っているのか気がかりでならない。医師のように適切な処方などできない学生の私は励ましの電話を入れることくらいしか思いつかなかった。退院後の彼女に「食事を摂っているのか、体重減少は止まっているのか、大学での授業を受けているのか」と電話を毎夜八時に掛け、彼女の話をよく聞いていた。こうした対話が、彼女の食欲不振を改善させるとの信念があった。家族も私からの電話を「咲ちゃん、先生から電話よ」と気安く繋いでくれた。いつしか、妻も私の電話を待つようになった。こうした夜の電話は、結婚するまで数年間続くことになる。

数カ月後、妻の食欲は戻り、体重も増えてきた。心因的な問題に改善が認められたと考えた私は、さらに身体的にも力づけようと、首都圏のハイキングコースの本を購入し、妻を誘った。伊豆須崎のハイキングコースや鎌倉アルプスハイキングコース等を一緒に歩いたのである。

鎌倉アルプスは途中に急な階段や岩場もあり、ロープを使って昇降するような、かなりハードなコースであった。私もハイキングの初心者であったが、たびたび後ろを振り返り、彼女が付いてきているかを確認しながらコースを先導した。少し遅れているのに気が付くと、立ち止まり待つ。すると、すぐに追いついてくる。また、急峻な登りでは手を差し伸べた。このような繰り返しで、私たちは比較的難しいコースを完走した。ハイキング中、どんなに遅れても、私が常に前で待ち、手助けしたことに、妻は強い安心感を抱いたようである。これらの事柄により、妻は、生涯私を支えて行こうと心に誓ったようだ。

結婚後、数年経ったが、私たちには子供が出来なかった。そこで、二人で受診しようと相談し、母校の産婦人科の不妊外来に行った。今のように人工授精や体外受精が盛んに行われる時代ではない。二年ばかり治療を続けたが、効果はみられず、二人で自然に任せようと話しあった。二人とも子供は嫌いではなく、妻は隣家の聡明そうな男の子を見るたびに近寄り、「かわいいわね」と頭を撫でていた。

結婚して五～六年経った頃、両親とお正月を過ごすため福島の実家に帰っていた時のことである。実家の診療所に勤めていた看護師が、生まれたばかりの赤ん坊を連れて新年の挨拶にきた。その母子が帰った後、「杏一は子供がいないけど、淋しくないの」と母が言った。私は「咲ちゃんがいれば、それだけで充分です。それ以上のことは望みません」と、率直に答えた。妻が私の仕事や家庭のことに実に献身的なことを知っており、また、実家でも「お父さん、お母さん」と実の父母のように親しんでいたので、「二人で仲良くやりなさい」と言ってくれた。両親は孫の顔を見たいと思っていたに違いなかったが、それ以降、二度と子供のことを持ちだすことはなかったのである。「子なきは去る」という言葉は、私の両親にとって無縁であった。

両親には、もう一つ感謝したいことがある。父が慢性硬膜下血腫の手術の後、私は長男としてすぐに実家に帰り、診療所を継続する立場であった。しかし、「東京でしっかり勉強しなさい」と言ってくれていた日頃の父の言葉に甘え、東京で研究を続ける決断をした。

その決断の背景には、妻の持ち前のシャイな性格もあった。妻はシャイではあるが、人付き合いは私より遥かにスマートであり、会話もウィットとユーモアに富み、機転が利き、周囲に穏やかな明るい顔を向ける術《すべ》も心得ていた。

しかし、そうした人付き合いは、妻にとって大変な心労であった。他人と話す時に表面的にはそつなく見えても、内心では高いテンションを保つために、強いストレスを感じていたようだ。笑顔を見せてはいるが、無理に笑顔を作っているのが傍から見ても分かるときがあった。「私は人付き合いが苦手なのよね」と、妻が珍しくため息をつきながら言ったこともある。この点が、商家の子として生まれ、生来の社交家だった私の母との違いである。母は父の診療所で、朝早くから夜遅くまで患者や看護師に接し、よく談笑していた。どう見ても、繊細な妻が母のように社交的な診療所の奥さんとして振舞うことはできないであろう。妻の方でも、患者や従業員との応対は難しいと感じていたようで、この点では二人とも意見の一致をみた。

妻の両親との関わりでいえば、その晩年に二人が私の勤務する病院で闘病していたため、私自身もできるかぎりのことをした。それに対して、妻が大いに感謝してくれた。こうした互いの親に対する献身でも、私たちの絆は鍛えられたはずだ。妻の叔母は「咲ちゃんはいつも、先生、先生とあなたのことばかり話題にしている」と、折に触れ話してくれた。妻もまた、直接口には出さずとも私を頼りにしてくれていたのだろう。一切を私への愛に捧げて学校時代の友達とも一名を除き徐々に遠ざかってしまった。

私たち二人は、それぞれ使命感のようなものをもって生きてきたので、寂しいと感じたことは一度もなかった。子供がいない分、私たちはお互いの心のつながりをより一層強めることが出来たのかもしれない。

参考文献

八木直子「鬼一法眼譚の構造　『義経記』を中心に」『甲南女子大学大学院論集　文学・文化研究編』（創刊号）二〇〇三年

## 起きて半畳、寝て一畳

### 「モノが少ない、幸せがある」

（佐々木典士『ぼくたちに、もうモノは必要ない。』より）

独身時代、東京に出てきた私は四畳半（七・四五㎡／二・二五坪）の狭い一部屋で生きてきた。それは勉強部屋であり、寝室になり、食堂にもなったが、一人なのでその広さで充分であった。日本の古典で三大随筆の一つに数えられる『方丈記』は、鴨長明がその名の如く、方丈（一辺が一丈で約四畳半ほど）の部屋で寝起きをして綴ったと言われており、人ひとり住むには充分な広さであろう。その感覚のまま、結婚後も新居としては大きくない1ＤＫ（三五㎡程度）のマンションの一部屋を借りた。大学院生であった私の収入は雀の涙ほどに少なかったので、高い家賃は支払えなかったのである。実家と比べるとはるかに狭い部屋で、妻が満足して生活できるのか心配した。しかし、私の懸念を払拭するように、妻は狭い部屋を「起きて半畳、寝て一畳よ」と言って「狭い」と不平の一言も述べなかった。私の同級生の夫婦が同じマンションで私たちの二倍広い部屋に住んでいることを妻は知っていたので、その言葉は私にとって大変ありがたかった。

妻が他界するまで、私の勤務地やさまざまな都合で住居を六回も変えた。それらの部屋の間取りは、最初の1DKから3LDKまで、引っ越しにより狭くなったり、広くなったこともあったが、持ち前の「起きて半畳、寝て一畳」の精神で、妻が不満を漏らすことはなかった。必ずしも広くない部屋を、妻は感心するほど整理、整頓をし、簡素にきれいに使用していたので、居住感はいつも快適であった。

「起きて半畳、寝て一畳」は、「天下取っても二合半」と続く。人間一人に必要なスペースは、座っている時に半畳、寝ている時に一畳あれば足りる。いくら天下を取ったって、一食に二合半以上のお米は食べきれないという諺《ことわざ》である。必要以上に欲しがって手に入れても使いきれないので、欲張らず一定のところで満足し、贅沢は慎しむべきである、との教えである。

妻の実家は文京区本駒込の住宅地にあり、私たちが住んでいたマンションから歩いて十二、三分の場所だった。妻の実家の土地は変形の敷地であったが、母屋と離れ家がコンパクトに建てられ、門から庭を通って母屋の玄関まで石畳があった。敷地面積は八〇坪程度だったろうか。妻は生まれた時から結婚するまでそこに住んでいた。結婚後の私たちの部屋があまりに狭いので、息が詰まってしまい、頻繁に実家に帰っているのではないかと心配したが、用事があるとき以外に訪問することはなかったらしい。その代り、部屋の整理整頓に余念がなかった。それほど広くないので、清掃にはあまり時間がかからなかったはずだ。

妻はマンションから歩いて約十分の、団子坂にある文京区立鷗外記念本郷図書館（現・文京区立森鷗外記念館）に行き、さまざまな本を借りて読んでいた。鷗外図書館は、明治時代の作家で軍医総監を務めた森鷗外が住んでいた観潮楼《かんちょうろう》の跡地に作られた。妻はここで、部屋の片づけ方、料理のレシピ、バレエ、オペラ、能、歌舞伎、建築、天文学などの本をひもといていた。妻の博識は、父と論語の素読、学生時代の趣味の勉強に加え、この図書館のおかげで更に磨きがかかった。部屋が狭いと清掃にかける時間が少なくて済み、その分、教養を磨く時間ができたのではないかと、私は思っている。

狭くて乱雑な部屋は居心地が悪い。狭くともきれいに整頓された部屋は心を豊かにしてくれる。大切なのは整理・整頓の術である。妻は狭い押し入れの寸法を測り、そこに入る高さを考慮した整理棚を購入し、整理棚の上の空間に毎日使うスーツやジャケットを掛けることが出来るように工夫していた。さらに、その上に棚を作った。電化製品も台所のスペースに合わせ上手に配置していた。居住空間の空きを作るのは、かなり頭を使う仕事であった。この緻密さは正に几帳面な義父譲りである。雑駁なわたしには到底まねができない。

　デザインの神様と言われたイタリア人のブルーノ・ムナーリは「複雑にするのは簡単だが、シンプルにまとめるのはむつかしい」「簡素化は、知性の証である。中国の賢人は言ったものだ。『一言二言で言えないことは、どんなにたくさんの言葉を連ねても言えない』」と単純化の重要性を述べている。

　二〇一〇年に流行語大賞にノミネートされた「断捨離」とは、提唱者のやましたひでこ氏によると、「もったいない」という固定観念に凝り固まってしまった心に、ヨーガの行法である断行《だんぎょう》・捨行《しゃぎょう》・離行《りぎょう》を応用したものだという。「『断』＝入ってくる要らないモノを断つ『捨』＝家にはびこるガラクタを捨てる」「『離』＝モノへの執着から離れ」るとして不要な物を断ち、捨てることで、物への執着から離れ、身軽で快適な生活と人生を手に入れることを目的としている。「ウチ、〝断捨離〟しました！」というテレビ番組も放映された。

　物への執着とともに、日本では伝統的に「もったいない」という考え方があり、この考え方が行き過ぎると物を捨てることができなくなり、使わなくなったモノが家中に次第に増えてゆく。そうなると必然的に「捨」「離」が整理の中心となる。我が国で出版されている整理に関する多くの本は、購入した物の片づけ、すなわち、いかに捨てるかをメインに書かれている。

作家で僧侶の瀬戸内寂聴さんは、捨てることがいい事だというブームがあるのはおかしいのではないか、物が乏しい戦争中にも生きてきたので、簡単にものが捨てられなく、何でもとっておくと述べており、多くのお年寄りの気持ちを代弁している。物を大切にすることは、執着とは異なるのだろう。作家の五木寛之は、愛着のある「ガラクタ」は人生の宝物である、と言って、やましたさんたちと異なる『捨てない生きかた』を最近著述した。瀬戸内さんにしろ、五木さんにしろ、お二人は戦前生まれであり、戦後生まれの〝やました〟さんたちの整理派と年齢と社会環境が異なる。現代は物が豊富にあり、物を捨てても、必要なものはインターネットのショッピングサイトで簡単に直ぐ手に入る時代なので、物に対する執着は薄く「捨」「離」しやすいのだろう。

一方、妻の場合は、不必要なものは購入しないという「断」を最優先した。すなわち、不必要な物を断つことである。不必要な物を購入すると、それを捨てなければならない。捨てることは妻の信条に反する。妻は徹底的に物を大切にし、物の価値、存在感を最大限に引き出していたからだ。

二〇一〇年頃より欧米で、大量生産・大量消費が主流の社会の中であっても、自分にとって本当に必要な物だけを持つことで、かえって豊かに生きられる「"Less is more"（より少ないことは、より豊かなこと）」という考えのライフスタイルが台頭し、そのような生活を送る人々をミニマリストと呼んだ。少ない物で豊かに暮らすという考え方自体は、プラスチックごみをはじめとする地球の環境問題の深刻化などを背景に近年、世界中に浸透している。周知の事実ではあるが、大量生産・大量消費は地球の環境汚染や温暖化を起こし、その結果、生態系が崩れ、動植物の生存にも悪影響を及ぼしている。大量消費は大量浪費に結び付く。その点、三十年以上前から必要なもの以外購入しなかった妻は、ミニマリストの先駆者でもあったのだ。

トルストイはロシアの民話をもとに「人にはどれほどの土地がいるか」という意味深い短編小説を書いた。広い農地を得ることを望んでいた農夫が、土地を持つ長老と交渉した結果、長老から、一日歩いただけの土地を与えよう、但し、日没までに、ここに戻ってこないとお前の負けだと言われ、農夫は一日中必死に飲み食いも最小限におさえて早朝から歩き回った。間一髪日没寸前に戻ったが、農夫は疲労と空腹の結果ばったり倒れ、そのまま死んでしまう。下男は穴を掘って彼を埋葬した。その穴の大きさだけの土地が、彼に必要な土地のすべてだった。人が必要とする土地は、死んで埋葬されるだけの面積で充分だということなのである。

トルストイの短編小説は、妻の口癖だった「起きて半畳、寝て一畳」と相通じるものがある。「私たち一人が生きる（起きて座る）のには畳半畳で十分。さらに、寝る時には畳一枚分あれば足りるのよ。そのような生活をするには、過度な物質的欲望を抑え、不必要なものは買わないこと。簡素な住居、簡素な暮らしのなかにこそ豊かさがあるの」と妻は言いたかったのだろう。そこに幸せを感じていたのだろう。

参考文献

『ぼくたちに、もうモノは必要ない。』佐々木典士著　ワニブックス　二〇一五年
『ムナーリのことば』ブルーノ・ムナーリ著　阿部雅世訳　平凡社　二〇〇九年
『新・片づけ術　断捨離』やましたひでこ著　マガジンハウス　二〇〇九年
『「利他」人は人のために生きる』瀬戸内寂聴、稲盛和夫著　小学館　二〇一一年
『捨てない生きかた』五木寛之著　マガジンハウス新書　二〇二二年
『身辺整理、わたしのやり方』曽野綾子著　興陽館　二〇一七年
『トルストイ民話集　イワンのばか他八篇』岩波文庫　一九三二年

# 妻と家族

## 子は親の言うようにはならぬ、しているようになる

子供の性格は「遺伝」と「環境」が半分ずつくらい影響して決まるらしい。遺伝は生まれ、環境は育ちということだろう。

環境（育ち方）は、家庭や親からのものより、学校や友人など家庭以外の交流による影響が大きいとの説もあるらしい。他方、「子は親の鏡」というたとえがあるように、子供は親を手本として育つ。毎日の生活での親の姿が子供に最も影響を与え、子供の性格形成に一役買っていることも周知の事実である。はたして、妻の性格は親とのいかなる関わりにより形成されたのだろうか。その回答を得るには、妻の家族を探ってみるのが近道であろう。

妻の家族構成は、父母、弟、祖母の五人家族で、祖父は妻が生まれる前に他界していた

ためか、妻からその話を聞くことはなかった。義父には兄が一人いたが、祖父が営んでいた上野黒門町の呉服屋の跡を継がず、神戸に住む女性と結婚して東京に戻って来なかった。そのため、祖父から勘当されてしまったのだという。

次男しか家業を受けつぐ人間はいなかったのだが、慶応大学の経済学部を卒業した義父は呉服屋を継ごうとは考えておらず、別の職業についてみたいと思っていたようだ。祖父はそれを察し、しぶしぶ上野黒門町の呉服店をたたみ、文京区本駒込に移り住んだ。妻はその本駒込四丁目で一九五一（昭和二十六年）に長女として生まれた。

義父は大学卒業後、会社員となったが、その会社が倒産してしまったため、建物内部の装飾や設備をアレンジする仕事、いわゆるインテリアの会社を設立した。そのインテリアの会社を拡張しようとはせず、生活が困らない程度の収入があれば良いと義父は考えていたようである。実際そのような仕事ぶりだったらしい。子供たちは、父親がいつも家にいるので、どのように仕事を行っているのか訝《いぶか》っていた。顧客から信用されていたためか、仕事はそれでも順調で、贅沢をしなければ世間並みの生活はできたようである。義父は呉服屋の息子として育ったので、古風な趣味を持っていた。月に何回か江戸小唄を習いに、日本橋小伝馬町のお師匠さんの稽古場に行っていたようだ。義父には妹が一人おり、呉服屋の娘らしく、和服が好きで、布を裁断した残り布の端切れを使い、和服の小物を自分で器用に作っていた。叔母が結婚するまで妻の家族と一緒に住んでいた。

義父は古風な日本人らしく寡黙を諒としたため、家庭ではあまり会話がなかったようである。しかし、私が妻の家を訪問すると、私の勤める病院や研究について、それほど興味があるわけではなかったのかもしれないが、笑顔でいろいろと質問してくれた。家族に言わせれば、義父が笑顔で会話することは例外中の例外で、必要なこと以外は話さず、めったに笑顔を見せることもなかったらしい。義父が無理をしてでも私との慣れない会話を弾ませようとしたのは、娘婿に対する気配りだったのであろう。妻は「いつもの父はあんなに喋らないのよ」と驚いていた。妻も私も義父の気配りに感謝し、親というもののありがたさが、身に染みた。

寡黙な人は我慢強く冷静で、無駄が嫌いな完璧主義の性格を持つことが多いという。その分厳しい面もあり、義父はまさにそのような人であった。義父は妻を幼少時から厳しく育てた。「小善は大悪に似たり」「大善は非情に似たり」という言葉があり、小さな善行は相手を思いやった事であっても、結果としてその人をダメにする可能性がある。それに対して本当に相手の事を心から思うのであれば、厳しい言葉や叱責で、非情と思われるような教育が必要である、との意味であろう。義父は妻を厳格に教育したようだ。妻は義父といるときは正座することをはじめ、生活するうえでの基本的な行儀作法を厳しく躾《しつけ》られた。

この言葉は元京セラ会長の稲盛和夫が社員教育に使い、広く世に知られることとなった。

一方、勉強では、理解するまで徹底的に考えさせられ、また調べさせられもした。親が厳しいと、子供たちは反発しがちであるが、義父は娘に負けないよう、娘以上に真剣に学んでいた。妻はそれを視ていたので、反発することなく、その厳しさによく耐えた。妻の頑張りや負けず嫌いはその時育《はぐく》まれたのだろう。義父は、調べてきた事柄が正解の時は娘を心からほめた。妻はそれが嬉しかったらしい。一緒に住んでいた叔母は、一心不乱に勉強に集中している妻の厳しい顔を見て、「近寄りがたかった」と私に話した。

身近な物が故障し使えなくなると、すぐに捨てることなく、義父は自分で修理し、使い続けていた。妻も壊れたものを修理し、長持ちさせることが得意だった。驚いたことに結婚後購入したすべての電気製品の解説書を妻は、何十年も保管していた。故障した際はその解説書を読み、すべて修理しようとしていたに違いない。妻は物を大切にし、無駄を省くことを日常の習慣とし、「ガイア（地球）が可哀そうよ」と言って、消費を節約し、資源を大事に使うことで、地球の環境破壊を防ごうと日々努力していたのだ。

多くの人から称賛された妻の気配りと几帳面さと厳しさは、親譲りであることは間違いない。

群馬県出身の義母は、東京の親戚の養女になった。教育熱心な家庭であったのか、当時先端を行く女学校を卒業している。戦後その女学校は廃校になった。

義母は亡くなる直前まで、女学校時代の友人たちと一緒に妊娠・出産・育児を支援する愛育病院でのボランティア活動をしたり、海外旅行に出かけたりしていた。

ボランティア活動歴は三十年以上という筋金入りであったが、その活動も特別の事ではなく、日常生活の中に組み込んで淡々と行っていたという印象がある。

義母は裁縫が得意で、デザインの才能もあり、銀座でおしゃれな洋服や小物を販売するブティックを開きたいという希望があったようだ。しかし、呉服屋を営んでいた夫の両親に反対され実現しなかった。「みんなに反対されたのよ」と義母は残念がっていたが、後に引かない、さっぱりとした性格なので、その言葉も嫌味とは取れなかった。

義母は進取の気性を持ち、何にでも興味を持つ人だった。突然絵を描き始めたかと思えば、どんどん上達して、その作品を人に差しあげるくらいの腕前になった。明るい性格で、誰とでも友達になれる。友人の夫の会社であるＪＡＬの団体旅行を利用して、毎年、海外に出かけていた。「団体旅行は行動が制限されるので、個人的なツアーを組んで旅行したら」と家族が言っても、義母は団体旅行が全く気にならず、逆に「新しい仲間が増える」と楽しんでいた。

妻には兄がいたが、出産直後に亡くなったらしい。初めて無事育った子供であったためか、義母は娘の教育に熱心だった。小学校から自宅のあった本駒込の学区でない駒本小学校に越境入学させた。中学・高校は文京区本郷一丁目にある女子校の桜蔭学園を受験させ、妻は合格した。桜蔭学園は当時から自立した女性の育成を目指しており、難関と言われているる大学への進学率が私立の女子高としては突出して高かった。優秀な生徒が集まってくるため、小学校では勉強をせずともクラス一番の成績であった妻も、入学最初のテストでは学年で下から三番目だったという。姉をよく観察していた三歳下の弟に言わせると、妻はそこで一念発起し、その後はひたすら勉強に明け暮れたようだ。よく「その失敗があったから、その後、努力して今の自分がある」という言葉を聞くが、妻は一浪したようだが東京大学理科一類に入学できた。

弟は妻と異なり、勉強にはそれほど興味を持たなかったらしい。文京区立の中学校に入学し、その後、大学の付属高校に入り、そのままその大学の芸術学部に入学した。大学卒業後、大手の広告代理店に入社した。

長いこと姉弟として付き合ってきた妻は、弟の性格をよく見ており、「要領がよく世渡りが上手よ」と言っていた。そして、弟が大手広告代理店の局長になった時には、「よくやったわね」と心から褒めた。

人格の土台はだいたい三歳くらいに形成され、十歳くらいまでに確定するといわれているらしい。妻の特性であった「他人のために役立つこと、気配り、几帳面さ、厳しさ、進取の気性、聡明、相手を立てる、明るく振舞う、物を大切にする、負けず嫌い」などは、両親の行動をみて自然と受け継いだのであろう。カリール・ジブランの詩集『預言者』に「子をあなたのようにしようとしてはいけません」とうたわれている如く、義父母は娘に生き方を強制したようには想えなかった。妻はいわゆる親の背中を見て育ったのだろう。

私たちが港区白金に住んでいた時、人通りの少ない通勤路にひっそりとした佇まいのお寺があり、門前の掲示板に「子は親の言うようにはならぬ、しているようになる」という文章がひっそりと、きれいな字で書かれていた。

その掲示板を読むたびに、亡き義父、義母と妻を思いうかべていた。


参考文献

『大切なことに気づく24の物語　読むだけで人生がうまくいく「心のサプリ」』中山和義著　フォレスト出版　二〇〇七年

『京セラフィロソフィ』稲盛和夫　サンマーク出版　二〇一四年

『子育ての大誤解（新版）上』ジュディス・リッチ・ハリス著　石田理恵訳　ハヤカワ・ノンフィクション文庫　二〇一七年

『預言者』カリール・ジブラン著　佐久間彪訳　至光社　一九八四年

## ご寛恕《かんじょ》ください

「夫子《ふうし》の道は忠恕《ちゅうじょ》のみ」

（『論語』より）

　しばらく妻の実家を訪問せずにいたら、義母から「お父さんの目が黄色くなっている」との連絡が突然あった。私たちが当時住んでいた所沢から妻の実家のある練馬まで車で四十分程度なので、病院勤務終了後に二人で訪ねた。いつも控えめだが私たちが行くと笑顔を見せてくれていた義父が、そのときは憔悴しきっていた。電灯の光の下であったが目が黄色に濃染し皮膚も黄色みを帯びていた。肝臓が悪いときに出る黄疸に違いないと判断し、病院の当直医に連絡後、すぐ病院に向かった。検査の結果、やはり黄疸と診断され、そのまま病院に急遽入院となった。

短い入院期間で義父は亡くなったが、葬儀の直後に妻が珍しく手紙をくれた。「この度は父の入院の際に大変お世話になりました。どうぞご寛恕くださいませ」と書かれていた。「寛」は心が広いことを意味し、「恕」はゆるす、ないしは思いやりを表わす。「寛恕」とは、心が広く思いやりのあることである。今回は父の入院で迷惑をかけたので、広い心で大目に見てほしいと、私の許しや思いやりを請う手紙で、妻の気持ちが痛いほど伝わる文面であった。この文の前後には、父が亡くなったことの切なさと、私への感謝の気持ちが述べられていた。私は迷惑どころか、頼ってくれたことをありがたいと思い、かつ夫としての義務が果たせたと考えていた。

義父は、妻にとって父であるとともに師でもあった。それも厳しい先生であった。妻は義父に日常の生活、社会での生き方などを手厳しく躾られただけでなく、勉強も厳しく教えられて育ったのだ。わからないことがあると、二人とも競って調べ物をした。峻厳な義父は妹である叔母と十歳程度離れていたが、その叔母は「兄というより厳格な父のようだ」「父より兄の方が怖かった」と、ことあるごとに言っていた。

妻が桜蔭中学に入学するまで、義父と妻は向かい合わせで『論語』などを勉強していた。妻は義父から多くのことを教わったが、その中でもとりわけ大切にしていたのは、自己に対する厳しさと、他人に対する「恕（思いやり）」であった。

他人に対する思いやりとして、『論語』では「己の欲せざる所は、人に施すこと勿《なか》れ」、すなわち「自分のしてほしくないことは他人にしてはいけない」と教えている。

「子貢問うて曰《い》わく、一言にして以て終身《しゅうしん》これを行なうべき者ありや。子の曰《のたま》わく、其れ恕《じょ》か。己れの欲せざる所、人に施すこと勿《なか》れ」

現代語に訳すと、このようになる。

子貢という弟子が孔子に質問した。
「一生涯行うべきことを一言でいうと、何でしょうか」
先生（孔子）がおっしゃった。
それは「恕＝思いやり」だよ。「自分がされてイヤなことは、人にしないことだ」

孔子は思いやりの例として「己の欲せざる所は、人に施すこと勿れ」を挙げていた。岡部光明によればユダヤ教でも「自分が嫌なことは、ほかのだれにもしてはならない」（トビト記）と説いている。ヒンズー教も同様に「自分自身にとって有害だと思うことを他人に対して決して行うべきでない」と説いている。仏教は直接言及していないものの、孔子の考えに近い。これらの考えが二千年以上を経て私たちに伝わっているのは、道徳、哲学、宗教を超えた普遍的真理であるからで、「黄金律」と言われている。黄金律の発想は古代ギリシャの宗教や哲学において、その萌芽が芽生えていた。

一方、キリスト教は「人にしてもらいたいと思うことは何でも、あなたがたも人にしなさい」と、より積極的に「為せ」と説いている。イスラム教も同様で「あなたが人からしてもらいたいことは、全ての人に対してしなさい」（ムハンマドの言葉）と言っている。

「『為せ』という行為は他の人の有難迷惑になってしまうこともあるわよね。宗教間で戦争を起こすこともあるよ」と、ニューヨークで九・一一の同時多発テロが起きた翌年の正月、妻とキリスト教とイスラム教の類似点を話し合った時に、妻は言っていた。

黄金律は普遍的な心理とはいえ、妻が述べていたように、良いと信じて行った善意の行動が、相手にとって非常に重荷となり有難迷惑になることもある。また、他人に危害を与えることもある。それとは気づかず、自己満足に陥ってしまう人を、作家の遠藤周作は悪魔になぞらえて「善魔」と呼んだ。国に当てはめると、自由と民主主義の価値観は大切だが、他の国にも強要しがちなアメリカをどうしても思い浮かべてしまう。

「善魔」に陥らないようにするには、人間がよりよく生きるための内面的な規範を学び、身に付ける必要がある。孔子が説いた「忠恕」は規範の最たるものであろう。「夫子の道は忠恕のみ」という教訓が『論語』に述べられている。孔子が人生で最も大切にしたのは「恕＝思いやり」であった。夫子とは孔子のことである。「忠」はまごころの意味で、内なるまごころに背かぬことである。

「恕」は世間と交わる際、最も大切なことであろう。「恕」則ち思いやりは、すべての人間関係の根幹をなす社会的規範である。妻が生きて行くうえでの生涯の原点となった「他人のために役立たなければ意味がない」は、『論語』の「恕（思いやり）」からたどりついたのだろう。

妻の思いやりは、私のみならず妻が接するあらゆる人におよんだ。驚嘆すべきことに、妻の思いやりは人ばかりでなく、モノにも向けられていた。妻は、まだ使えるパソコンなのに次から次に買い替えて捨ててしまう私に「またパソコンかえるの、最後まで使ってやらないと可哀そうよ」と、パソコンのことまで我が子のように思いやっていた。

妻の思いやりの深さについて、葬儀の際、悼辞《とうじ》をいただいた二人の方の話からも推し量ることができた。妻が確定申告をお願いしていた税理士の先生からは「ご自分の体調不良にもかかわらず、昨年手術をした私のことまで気にしてくださいましたね。私はあなたの我慢づよさと、やさしさに勇気をもらっておりました」という言葉をいただいた。妻は私の代わりに毎年自分で確定申告を行ってくれていた。しかし、極度の疲労感と重なる病気の為、もう確定申告を行うのは無理だと感じ、知り合いの税理士に今後の確定申告を託したのだ。

中学・高校の同級生も、妻が子供の頃の事故の後遺症で体の不調にも拘らず、友の頼みを聞いてくれたことについて、感謝の気持ちを話された。

心身ともに健康な時に、他人を思いやることはそれ程難しくない。しかし、体調が不良の時は、他人を思いやる余裕がなくなり、自己中心的になりがちである。しかし、妻の思いやりは、身体的に逆境の時でも、遺憾なく発揮されたことに私は驚いた。

「恕（思いやり）」は妻が最も大切にしていたことであり、「妻の道は忠恕のみ」であった。


参考文献

『座右の古典　今すぐ使える50冊』鎌田浩毅著　筑摩書房　二〇一八年

『「自分にしてもらいたいように人に対してせよ」――黄金律の生成と発展』岡部光明著　SFCディスカッションペーパー　二〇一四年

『生き上手　死に上手』遠藤周作著　文春文庫　一九九四年

『いい人生をつくる論語の名言』田口佳史著　だいわ文庫　二〇一一年

『論語』金谷治訳注　岩波文庫　一九九九年

# 恩

「『恩を忘れぬこと』が純然たるお互いの間の献身的愛情の流露である場合もある」

（ルース・ベネディクト『菊と刀』より）

義父と義母は私の勤務している病院で、時期は異なったものの、がんで旅立ち、不帰の客となった。私はそれまで妻の両親に何もしてあげることができなかったので、せめてもの恩返しになっただろうか。

義母は女学校時代の友人たちと毎年外国旅行に行っていたが、六十歳を過ぎたころより、帰国後に、症状は軽いが体調を崩していた。腹痛や関節痛などの症状が出るたびに、私の勤めている病院に入院の手配をした。毎度のことなので家族は「外国旅行を止めたら」と義母に忠告するが、楽天家であった義母は、病気が治るとケロッと入院したことを忘れ、また翌年、いそいそと友人たちと旅行に出かけた。まさに「喉元過ぎれば熱さを忘れる」を地で行っていた。反省の色もなく、懲りない人だったが、なぜか憎めなかった。

そのうち外国旅行に行かなくとも、義母は毎年体調を崩し、救急車を呼ぶほどではないが、入退院を繰り返すようになった。「最近、歩くと少し息切れがするのよ」と義母が言うので胸のレントゲンを撮ったところ、胸水が溜まっており、すぐ入院させ胸水を抜いたこともあった。「腰が痛い」「下痢が止まらない」など、毎回異なる症状で病院のお世話になっていたのである。

義母は六十歳代で大きな肺がんが見つかり手術を受けたが、不死鳥の如く回復し、また懲りず旅行に行っていた。肝硬変も患っており、食道の静脈瘤の手術も受けた。義母は病魔と友達のようだったが、やや厭世家だった義父より長生きをし、最後は肝臓がんで他界した。

一方、義父の入院は一回のみ、それも初めての入院であった。しかし、退院はかなわず、病院から帰らぬ人となった。普段から我慢強い義父のことなので、辛いとは言わなかったが、入院した時にはすでに眼が黄色になっていた、下された診断は、すい臓がんの末期であった。毎年健康診断を受けていたが、見逃されてしまったようだ。我慢強いという義父の美点が、病気の診断を遅らせることにもなった。

病院は私たちが住んでいた所沢の官舎から歩いて五〜六分と近かったこともあり、入院時期は異なっていたが、妻は洗濯物や両親が欲しがるものを揃え、毎日見舞いに行っていた。がんと闘っていた両親にとっては、洗濯物などより娘が毎日来てくれたことが、嬉しかったに違いない。義父・義母ともすでに治る見込みはなく、病との戦いに負けることを予期していたであろう。徐々に体力が弱っていく中で、妻の存在は二人にとっても慰めと希望でもあった。入院中という心細さもあり、親たちは妻に病気のことや将来の見通し、弟や近親者についてなど、さまざまな相談をしていた。妻は両親の話を長時間、静かに粘り強く聞いていた。

妻が見舞いに行くと、いつも二人は破顔一笑というべき笑顔で迎えた。両親が笑顔で迎えるなど、幼い子供の頃以来のことだっただろう。特に、厳しい義父は、あまり感情を表に出さず、子供たちに笑顔を見せることなど久しくなかった。大人への発展途上にある子供たちに甘い顔を見せることを慎しみ、義父が厳しい表情ばかり見せていたのは、もっと成長して欲しいとの期待もあったからだろう。入院中の義父は、妻の見舞いへの感謝と、娘が立派に成長したことを認める笑顔を浮かべていた。

妻にとっても、入院中の両親と過ごした長い時間は、かけがえのない貴重なものとなった。

十二分に親孝行ができたと、思っていたようだ。自分が使える時間を「生命」と呼ぶならば、妻は生命の一部、それもかなり長い時間を両親に捧げたことになる。

アメリカの文化人類学者ルース・ベネディクトの著書『菊と刀』は、第二次世界大戦中米国の敵国である日本を知るための研究をもとに書かれたものだが、「恩」の本来の意味は「負い目」であり、「恩」を忘れないことが戦前の日本人の中で最高の倫理観であったと記されている。日本人にとって「恩」は負債であって、返済しなければならないものなのだ。妻は入院中の介護を通して、子としての義務を果たし、両親に「恩返し」をすることが出来たともいえる。

私も毎日、頻繁に義父・義母の病室を訪問し、雑談をしたり、相談に乗った。妻も義理の両親も「いつも見舞いに来てくれて、ありがとう」と感謝していた。妻は後々まで、「あの時は大変迷惑をかけた、どうも済みませんでした」と言っていた。両親の度重なる入院に関して、私に「恩」を感じていたのだろう。そして、感謝の気持ちと共に負い目も感じていたに違いない。

妻の「済みません」という言葉には「これでは終わりません」という意味もある。私はあなたから恩をうけました、私はどんなことをしてもその恩をあなたに返します、恩返しは私の一生の間続きます、という気持ちの表明でもあると思われた。

妻は、父母の入院中に娘としての義務を全て果たせたという感謝と、その恩返しのために、私の仕事や生活を一生涯支えてくれたのだろうか。いや、私を支えてくれたのは、それよりかなり前、結婚直後からのことだった。博士論文作成時も、下手な字を書く私に代わって、妻の奇麗な字で清書してくれた。英文タイプライターも独学で習得して私の代わりに打ち、パソコン操作やインターネットを教えてくれたのは独学で猛勉強した妻であった。私の研究発表用のスライドやパワーポイントも、徹夜で作成してくれた。

妻の私に対する献身的な手伝いは、ルース・ベネディクトの「恩返し」という観念を超えた、無私の献身だったに違いない。ベネディクトはまた、「恩を忘れない」ことは「純然たるお互いの間の献身的愛情の流露である場合もある」と記しており、私はこの一節を読んだとき、まさに妻の献身が流れるような一筋の愛情であったことに思い至った。

参考文献

『菊と刀　日本文化の型』ルース・ベネディクト著　長谷川松治訳　講談社学術文庫　二〇〇五年

# 父の魔法の言葉

## 物事はなんとかなるし、なるようにしかならない

（父の言葉より）

妻は義父に似て用心深く、かつ完璧主義者だった。

私は、頭の中では妻に頼もうと決めていても、直前にならないと伝えないことがよくあった。それについては妻も、親しくしていた医局の秘書に「私が出席しなければならない公式行事の日程を知らされず、夫から直前に言われるので、困ることがあるんです」と不満そうなメールを送っていた。

「この内容のスライドを土曜日の講演会に使おうと思っているんだが、出来るかな？」と講演の数日前に「尋ねる」というより「お願い」すると、「え、またですか。発表まで時間

がないのに」と妻は言う。しかし、いつも睡眠時間を削り、自分の予定を変更し、講演前日の夕方までには完璧に準備してくれていた。

妻の完璧主義に関しては、こんなエピソードもある。私たちがイタリアのベニスを訪問した時、飛行場から本島のサンマルコ広場までは水上バスが最適な交通機関であると推奨されていた。水上バスだとホテルの近くの船着場まで行くことはできたが、船着場からホテルまではいくつかの迷路のような運河上の橋を渡らなければならない。飛行機が遅れ真夜中に着いたため、暗い中、私たちが水上バスの船着場からホテルまで歩いて到達することは到底不可能であっただろう。ところが、妻はバスではなく、水上タクシーを予約していた。水上タクシーはホテルの前で私たちを降ろしてくれたので、夜遅くでも無事にチェックインすることができた。妻の完璧な事前リサーチが功を奏したのである。

このような妻の完璧主義はいつ、どのように形成されていったのだろうか?

幼稚園のころから妻は厳しい父親と一緒に、『論語』に代表される中国古典を学んでおり、二人はよくわからないことや疑問点を競い合うように徹底的に調べ、討論していた。幼かった妻は義父の知識量にかなうはずもなく、負かされてばかりいた。しかし、小学校に進み、自分で百科事典を引き、近くの図書館で疑問点を調べることが出来るようになると、逆に義父に教えるようになり、それが正解だと父に褒められた。しかし、間違ったときは厳しく指摘を受けたという。

妻は義父との対話の中で、知識の完璧さの重要性を認識したに違いない。わからないことは徹底的に探求し、解決するという楽しみを知った一方で、常に現在の自分以上でなければならないという意識も、芽生えてきたようだ。まだ幼い頃から妻の完全主義は勉強ばかりでなく、すべてのものごとを行う際の習性となった。

原因は不詳だが、妻は大学二年生の時に一度躓《つまず》いた。自己の完全性を追求するあまりだったのか、それに友人との葛藤も加わって、重度の食欲不振になってしまう。体重が減り、ひどく痩せてしまったため、私の母校の付属病院に入院した。私が主治医グループの一人となり、病棟の担当だった。さまざまな検査をしても身体的には病的な異常がないので、心の問題かもしれないと、私は判断した。

「世の中はすべて思い通りになるわけではないので、自分に完璧さを課したり、責めたりしないように。頑張って変えられることもあれば、どんなに頑張っても変えられないこともある。特に人が絡んでくることに関してはどうにもならない。うまくいかないことや失敗したことを後悔しても仕方がない。前向きな心を持つように」というようなことを、わたしは妻に折々に話した。少しずつ分かってくれたようで、妻は徐々に明るくなり、食欲が回復して体重も増え、退院することができた。入院時の顔つきはローソクのように蒼白で、まるで喜怒哀楽を表わさない能面のようであったが、退院するときには徐々に赤みが戻り、表情も柔らかく、感情表現も豊かになってきた。

しかし、決定的な妻の回復に効果をもたらしたのは、その後結婚してから、二本松の私の実家に帰った時、私の父との会話でかけられた言葉だったのである。どのような場面だったのかわからないが、妻はよほど思いつめた表情をしていたのだろう。

「咲ちゃん、物事はなんとかなるし、なるようにしかならないんだよ」と私の父は言ったそうだ。この一言は、私がそれまでにかけた何百、何千の言葉より、はるかに妻の心に沁み、その心を開く効果があった。

持ち前の頑張りと完全主義で、努力すれば何とかなると思い、それまで生きてきたが、妻はどうにもならないことも経験したのであろう。その時の敗北感は大きかったに違いない。しかし、その時に父がかけてくれた言葉で、「仕方がない、なるようにしかならない」と一度諦め、そして「物事は何とかなる」と考えることが出来るようになった。

仏教のみならず、ヘブライ聖書の教えでも「人生頑張って生きることは必要だけれど、どうにもならないことは、執着することなく歩むべきだ。生きている間に得たものに、執着を持つことは意味のないことだ」と説いている。父は宗教家ではなかったが、妻にとっては、それが「魔法の言葉」となり、今まで全身にまとっていた重い金属の鎧のようなものがパラパラと砕け落ちて、ストーンと軽くなったようだ。それ以降、たとえ、とことん突き詰めて考えなければならないことがあっても、最後に「物事は何とかなるし、なるようにしかならない」という姿勢をとるようになった。

妻は父から伝授されたこの言葉を、私の医局の秘書や自分の従妹にも言い伝えていた。「いつもお世話になり有難うございます。いろいろうっとうしい事も多く、○○さんもストレスがたまり大変と思います。『物事はなんとかなるし、なるようにしかならない』という気分で乗り切りましょう！　これは主人の父が生前私にだけ（主人も義母も聞いたことはないようです）言っていた言葉です」。これは、妻が私の秘書に宛てて送ったメールである。ちょうど新しい教授が来て医局が新体制になったのと、親が体調を崩したのが重なったために、あれこれ大変だった彼女は、このメールで大分気分が楽になったようであった。

妻には従妹が一人おり、折に触れて彼女の相談にのっていた。従妹は一人娘の就職先が決まらず心配し、イライラしていた。この件は従妹の努力の範囲外で、娘が解決すべき事柄であることを見抜いていたので、あらぬ心配をしないように、「物事はなんとかなるし、なるようにしかならないのよ」とアドバイスしたところ、従妹から「娘の就活はまだ何も進んでないので、私としても気をもんでいますが、お姉さんの言う通り、なるようにしかならないと思っています」と悩みが吹っ切れたようなメールが届いた。

「物事は何とかなるし、なるようにしかならない」という言葉を私は父から聴くことはついぞなかった。父の人生で「なるようにしかならない」と考えた事柄は何だったのだろうか。もともと寡黙であった父は、親の苦しさを子供に見せたくないというプライドもあったのか、息子である私にはその苦労を見せることがなかった。

妻は自分の父から完璧性を学び、私の父から心配事がスーっと消える魔法の言葉を学んだ。

参考文献

『ユダヤ人の成功哲学「タルムード」金言集』石角完爾著　集英社　二〇一二年

# 第二章　妻の本音

# 妻の本音

「家はもらぬほど、食事は飢《うえ》ぬほどにてたる事なり（千利休）」

（『南方録』より）

「家を整理整頓し綺麗に維持すること、食事を作ることなどをあまり認めてくれないのね」と妻がぽつんと言ったことがあった。「料理はどう（おいしかった）？」と質問されても、いつも「まあまあ」と返事をし、あまり「美味しい」「まずい」をはっきり言わない私に、ごく稀にだが不満足そうな様子も見せていた。

私たちは食に関して言えば淡泊なほうで、いわゆる美食家ではない。妻は私以上に食事に興味がなかった。完全なベジタリアンではないが、生野菜があればそれでよかった。妻はウサギ年生まれなので、にんじん好きかと思いきや、なぜか大根をよく食べる。妻は、私に作ってくれた料理の五分の一も食べず、一種類か二種類のおかずを少しつまむ程度であった。

結婚した翌年の冬、ある新聞の記事に上海蟹が美味しいと書かれていたので、私たちは上海蟹で有名な赤坂の店に行って食べてみた。まずくはなかったが、賞賛されていたほど美味でもなかったので、「思ったほど美味しくないね」と言って、それ以降、私たちはわざわざレストランへ食事に行くことが、殆どなくなった。

美食に興味のない私たちであったが、妻とは健康維持のため、よく一緒に登山をした。北アルプスや南アルプス、中央アルプス、八ケ岳などの山行は山小屋に泊まることもあった。山小屋での食事は最近良くなってきたが、生野菜はほとんどなく、妻にとっては美味しいものではなかった。いつもと同じように、箸をつけても、すぐに下ろしていた。それにも拘らず、驚くべきことに険しい山道でも岩場でも、私に遅れることなく、登り降りするだけの体力があったのだ。

こんなに少ない食事の量で良く体が持つと、私はいつも心配しながらも感心していた。あるとき妻がその食事を少ししかとらなかった理由の一つを偶然手にした本、『大作曲家たちの履歴書』の中に見つけた。

音楽家、三枝成彰さんの著書『大作曲家たちの履歴書』によると、ドイツ人であるバッハの章には、こんな記述があった。「（ドイツでは）一年三百六十五日、毎日同じものを食べても文句を言わない人が尊敬され、食べ物は生きるのに必要な栄養分が摂取できればそれで十分、味にこだわるなんて、低俗ではしたないことだと思っているのだろう。（中略）主婦はキッチンをまるで使っていないほどにきれいに保つほうがほめられる。料理などに時間を使うのなら、そのぶん本を読むなり音楽を聴くなり、自らの教養を高めることに使うのがよしとされる社会なのだ」

これこそ一〇〇パーセント、妻のことではないか。私は頭をガツンと殴られるほどの衝撃を受けた。妻の生き方はドイツ人の生き方と瓜二つである。我が家の広くないキッチンは驚くほど整頓されており、流しやガスコンロの存在だけが、わずかにここが台所であることを認識させた。「私があまり食事を摂らない理由はそうだったよ。あなた知らなかったの？」と、天からの啓示のごとく私に教えてくれたようだった。

日本人とドイツ人は、几帳面で時間を守る、倹約家であるなどの共通点をもっている。しかし、食に関しては、ドイツ人はバッハの時代ばかりでなく今も質素で、生きるのに必要だから摂るとの姿勢で、作る手間もかけないのが一般的であるらしい。この点では、今時の日本人とは異なるようだ。

最近の日本では、自宅の料理であれ、外食であれ、できるだけ美味しいものを食べたいと、ウェブでも書籍でもグルメ情報が氾濫している。東京の飲食店数は世界でも断トツであり、ありとあらゆる料理店があることに、私はいつも驚愕する。ある知り合いの老夫婦は、お互いの足腰が弱っても、グルメ情報を集め、毎日タクシーでレストランに行き食事をしていた。毎日異なるレストランに行っても、まだまだ東京にはたくさんの店がありそうだ。この奥さんは、若い頃、「ああ、あの人」と日本人の多くが名前を知っている、超有名な宗教家からプロポーズされたが、美食とゴルフのため、求婚を断ったとのエピソードの持ち主である。

食欲は、性欲と睡眠欲と共に人の生理的な三大欲求の一つであり、生存にかかわる人間の基本的な欲求である。しかし、欲求に自制がきかなくなったり、暴走したり、また、それだけが生存の目的になると、自己や社会の崩壊を招くことがある。かつて栄華を誇ったローマ帝国の市民は、「パンとサーカス」という言葉に代表されるように、美食と娯楽を与えられ、飽食と享楽にふけり、政治的無関心に陥ってしまった。「パンとサーカス」はローマ帝国の没落の一因であり、社会的堕落の象徴ともされている。

妻は食事に関しては、生きていく最小限の食事を摂り、住まいも私たちが寝起きできる、装飾を省いた狭い部屋で十分としていた。まさに「家はもらぬほど、食事は飢えぬほどにてたる事なり」と千利休が言うような質素な生活を旨とした。

食事の話に戻るが、私が妻の手料理を「美味しい」と言って食べたことは本当に少なかった。妻は大学卒業直後の五月に結婚したため、料理学校などに通う時間がなかった。母から習った料理と本などのレシピを見ながら、私のために食事を調理してくれていた。結婚後に料理学校に行くことはできたかもしれないが、ドイツ人の主婦の如く、食事にそれほど興味がなく、教養のほうを優先していたのである。私もそれを首肯した。

妻の料理は実に質素であった。私の朝食は食パン一切れとコーヒー、そして私の活動量を考えて、卵料理を添えてあった。私が飽きないように、食パンばかりでなく、クロワッサンや菓子パンなども用意してくれることもあった。夕飯も慎ましい食事であったが、妻が作ってくれた「ボルシチ」には深い思い入れがある。妻は学生の時、第二外国語をロシア語とした。そのせいか、ウクライナの伝統的な料理でロシアにも広がった「ボルシチ」は、妻が自慢できる一品であった。ジャガイモ、玉ネギ、ビーツと柔らかに煮込んだ牛肉の入った赤いスープ、その上に白いサワークリームが載っており、赤と白のコントラストが鮮烈であった。私は酸味がありながらコクのあるボルシチを堪能した。このときは「白い色が鮮やかだね、美味しかった」と言ったように思う。

ボルシチの色合いを褒めるだけでなく、レシピを見ながら愛情を込めて丹念に作った料理を「美味しい」と言ってほしいと、妻は思っていたに違いない。美味しいものを食べることが妻の信条ではなかったにしても、本音では、いつも「美味しい」と言って欲しかったのだろう。食後に「美味しかったよ、ありがとう」と感謝を伝えることが夫婦間の礼儀であった。今となっては間に合わないが、妻には申し訳ないことをした。

参考文献

『大作曲家たちの履歴書　上』三枝成彰著　中公文庫　二〇〇九年
『南方録』西山松之助校注　岩波書店　一九八六年

## 妻としての矜持

「松のように強く、竹のようにもの柔らかに素直で、しかも雪に咲きほこる梅のように、女の操をお守りなさい」

（杉本鉞子『武士の娘』より）

「矜持（矜恃）」とは「自分の自信と誇りを表に出さず心に留めると共に、自分を律する心も持ち合わせている状態」であるという。古参の医局員が私にくれた手紙によって矜持という言葉を初めて知った。「小生は先生の主任教授定年退職にあわせて、医局を去ることにしました。これが私のせめてもの矜持です」と、その手紙に書かれていた。彼はもっと前に医局を離れることを考えていたが、私の定年退職まで待つことにしてくれたのだ。その心遣いが嬉しかった。

「やるべきことはやった」とは、私が大学定年の時に行った循環器学会会長講演を、そっと涙をハンカチでふきながら聞いたときに、妻が述べた言葉である。妻は大学を卒業すると、指導教官であった教授に、京都の島津製作所を紹介され、本社がある京都まで面接に行った。しかし、面接の後、京都駅のホームで失神発作の為倒れてしまい、元来体が弱い妻は仕事を続けていくのに不安を感じ、就職を断念した。妻は社会に進出するという機会を健康上の理由であきらめたのだ。しかし、大学卒業後に結婚してからは、女性として、妻としてのプライドを保ち、生涯私を支えてくれた。

結婚直後より一貫して、私がどんなに遅く帰宅しても、妻が私より早く食事をとることは皆無であった。妻の弱い体を気遣い、私が「夜遅くまで起きているのは疲れるだろうから、私を待たずに早く寝てもいいよ」と言っても、深夜の一時や二時になってさえ、寝ずに私を待っていた。明け方の帰宅で、夕食か朝食か分からない食事を一緒にしたこともあった。

食後には「どうぞ先にお風呂に入って」と、時間を見計らって風呂のお湯張りもしていた。私が風呂に入っている間、妻は食事の後片付けをし、その後に風呂に入り、決して私より先に就寝することはなかった。それにも拘らず、朝は必ず私より早く起き、朝食の準備と、私が不規則な診療で昼食を食べ損なわないように昼の弁当を作っていた。私の外来診療が長引くと外で昼食を食べることができないのを妻は知っていたのだ。夜に限っていえば、妻の睡眠時間は明らかに私より少なかった。いろいろな持病があり、元々健康に不安があった妻にとって、かなり過酷な生活であったに違いない。

妻のように、寝ずに夫の帰宅を待っているのが普通なのだろうか。あるとき、そうでないことが分かった。「妻というのは『夫より先に寝てはいけない』また、『朝、夫より後に起きてはいけない』という決まりみたいなものがあるらしいのですが、実際はどうなんですか?」とのインターネットの掲示板上での問いに対し、回答者十一人中十人はそのようなことを行っていなかった。夫より後に寝て夫より先に起きる人が一人だけいたが、結果的にそうなっているだけで「決まり」として従ったのではないと回答していた。夫より先に寝ない、遅く起きないのを「決まりのようなもの」としている、妻のような生活者はごく稀であるか、皆無であろう。

作家の遠藤周作の妻は、夫が友人とお酒を飲み午前様になってもじっと寝ないで待っていたらしい。遠藤周作は肺結核、劇症肝炎、尿毒症などの大病を患っていた。彼女は夫の体を気遣い、心配で寝ずに待っていたのだろう。また、クリスチャンの妻は「妻たちよ、主に仕えるように、自分の夫に仕えなさい」との教えを、守っていたに違いない。女性の生き方に、武士道が残っていた明治時代は、妻が、夫より先に寝ることなど考えられなかったようだ。

かつての日本では、「家の盛衰は主婦にかかっている」とされ、家を守るのは主婦の大切な務めであった。私の妻は、就職をあきらめた時から妻の役割とは何なのか、妻になるとはどういうことなのか、妻としての責任を果たすにはどのようなことを行えばよいかを、結婚までに真剣に考え抜いていたようだ。

私は、なぜ、妻が自分の健康状態が万全ではないにも拘らず、夫の遅い帰宅を寝ずに何時までも待ち、食事を共にしていたのか理由を知りたいと思った。妻の日頃の言動を振りかえってみると、そこに見え出したのは、妻の幼少時における両親、特に父親の影響である。妻は弟より厳しく父に育てられた。我が国で最初にまとまった教育論『和俗童子訓』によると、女児はひとえに親の教育一つで育つものなので、親の教えを怠ってはいけないと書かれている。

妻が幼稚園に入園する前から、両親は生活全般において、やって良いこと、やっていけないことの厳しい躾を、身をもって教えたと聞いている。また、おばあちゃんからは、松のように強く、竹の様に物柔らかに素直に、しかも雪に咲き誇る梅のように生きなさい、と「武士の娘」のような生き方を教えられていた。家族は妻の名前を咲子と期待を込めて名付けた。妻が文字を読めるようになってからは、義父と二人で儒教を中心に勉強を始めた。人が常に守るべき五つの道徳「仁義礼智信《じんぎれいちしん》」を儒教では「五常」と言っている。そのうち、孔子は「仁」すなわち「人を思いやる」ことを最高の道徳とした。「仁」とは、思いやりの心で他人を愛し、利己的な欲望を抑えて行動することである。「仁」の人は、自分が立ちたいと思えば他人を立たせ、自分が到達したい（達成したい）と思えば他人を到達させてあげる（達成させてあげる）のを常とした。仏教でいえば、利他であろうか。「仁」は順天堂大学の「学是」となっている。

孔子が優れた人の条件として挙げているこの言説にこそ、妻は夫婦円満の秘訣を見出したに違いない。自分よりも相手のことを優先し、譲り合い、助け合っていく。そのような心構えこそ、夫婦二人が幸せな家庭を築いていくために重要になると考えたのだろう。その思いがなければ、あのような身を削るような献身はできなかったはずだ。本当は早く寝て体を休めて欲しかったが、妻は矜持と思っていたようなので、尊重せざるを得なかった。

医師である小笠原文雄の著書『なんとめでたいご臨終』の中に、胃がんの肺転移、がん性胸膜炎、卵巣転移により三十五歳の若さで亡くなった女性が、最後まで妻としての矜持を貫き、家族の協力で安心して亡くなっていった物語が書かれていた。この女性は呼吸が一旦止まっても、まだしばらく息の喘ぎがあり、なかなか臨終を迎えなかった。小笠原医師は彼女の夫が「以前、僕が奥さんに早く寝るように言ったら、『うちは自営業だから夫にがんばって働いてもらって、子どもたちにおまんま食べさせてほしいんです。夫より先には寝ないことに決めてるんです』って言われた」と語ったことを思い出した。そこで、小笠原医師は夫と子供を奥さんの両脇に寝かせた。すると、女性は安心して旅立っていったという。夫より先に寝ないというこの女性と妻が、立場は異なるけれど私には重なって見えた。

妻は自分の行いに対し、決して得意げになることはなく、ひけらかすこともなく、表に出ることもなく、常に謙虚であった。自分の責務を果たしているという矜持が、妻を謙虚にさせていたに違いない。

参考文献

『武士の娘』杉本鉞子著　大岩美代訳　筑摩叢書　一九六七年
『養生訓・和俗童子訓』貝原益軒著　石川謙校訂　岩波文庫　一九六一年
『生き上手　死に上手』遠藤周作著　文春文庫　一九九四年
『明治女が教えてくれたプライドのある生き方』石川真理子著　講談社　二〇一二年
『女子の武士道　武士の娘だった「祖母の言葉五十五」』石川真理子著　致知出版社　二〇一四年
『なんとめでたいご臨終』小笠原文雄著　小学館　二〇一七年

# 妻と車

「二人三脚」二者が一致協力して物事をすること

（広辞苑）

妻は自分の歩く速度より速く移動すると、何かにぶつかってしまうという不思議な信念をもっており、自動車の運転はおろか自転車に乗ることもなかった。

実家では妻以外の家族全員が運転免許を持っていたにもかかわらず、妻は歩くより速い自動車を運転するなんて、とんでもないと考えていたようだ。ところが、私たちが米国に留学していた時、現地に住む日本人の奥さんたちから「米国で自動車免許を取得するのは日本に比べ格段に楽よ」と言われ続けた。筆記試験も日本語で受けられると聞き、妻の心は少し動いた。「帰国したら日本の免許に書き換えられるので、ここで免許をとった方が、ずっと安くつくわよ」という一言に、妻は今までの信条を翻し、一念発起して自動車免許の試験を受けようと決心したのだ。米国では自家用車での移動が主で、日本ほど公共交通機関が発達していないことも、免許取得に気持ちが動いた理由かもしれない。また、運転免許は資格というほどではないにしても、勉強好きな妻は米国で何か資格を取りたいと考えていたのだろう。

友人から過去の試験問題数十枚を借りて勉強した結果、妻は一回で学科の筆記試験をパスした。今考えると、その友人がなぜそんなに過去問を持っていたのか、不思議である。

次に、路上で車を運転する実地試験を受けることになった。日本と異なり、米国では自分が乗っている車で受験する事が出来る。私たちが滞在していた一九八〇年でも、すでにほとんどの車は、オートマチック車であったが、私はマニュアル車、すなわち手動でギアを変速する車を運転していた。病院勤務を終えた夕方になると妻を誘い、空いている道路を探し、そこでエンジンのかけ方からブレーキとクラッチの踏み方など、一から運転を教えた。妻は目を見張るようにメキメキと上達し、一カ月足らずで実地試験を受けられるレベルになった。私の教え方が良かったのではなく、妻の理解が速かったのであろう。

難関と言われる中学、大学の試験を突破し、薬剤師の資格も取った妻である。試験には慣れていると思われたが、何の試験であれ受験は緊張するものだ。路上試験の日、妻は緊張した面持ちで運転席に座った。マニュアル車なのでエンストし車が発進しなくなることもあるが、妻は型どおりに左右前後の安全を確認後、無事に発進した。交差点の一時停止や右折・左折、駐車の技能を見られたが、難なくスムーズに試験は進んだ。けっして上手な運転ではなかったが、ミスが少なかったので、路上試験も見事に一回で合格した。検定料は安く、当時日本円で千円以下であった。

米国の地方都市では、電車や地下鉄、バスなどの公共輸送機関が発達していないため、車は必需品である。しかし、妻は免許を取得しても、私が日中車を使っていたためか、自分で運転する機会はほとんどなかった。それほど外出好きでもなかったので、私たちが二台目の車を持つことはなかった。

帰国後、私の勤めていた大学の構内で、妻は運転のリハビリテーションを数回行った。オートマチック車を使っての練習で、米国で乗っていた車に比べ小さい車であった。大学構内の道路はかなり広く、車も人もほとんど通らない。構内での運転にだいぶ慣れた後、一般道路に出ることにした。近くにある所沢航空記念公園はかつて米軍基地だったため、道幅が広く、そこを使い練習を開始した。路上の車も人も少なかったが、公園の周囲を一周しただけで、妻は「恐ろしいので、運転をやめたい」と言い出した。免許取得前に感じていた「歩く速度より速く移動すると何かにぶつかる」という恐怖がよみがえったのであろうか。妻の運転免許証は一夜にして、ただの身分証明書に化けてしまった。顔写真付きの運転免許証は身分証明書として最適なので、無事故無違反（車に乗らないので当然であった）の妻は五年ごとにせっせと免許更新していた。

妻は私が運転するときはいつも助手席に座り、ナビゲーターをしてくれた。米国から帰国した一九八一年は、日本でも自家用車が初めてカーナビゲーションを搭載したカーナビ元年であった。私たちが購入した乗用車は、ガソリン消費を抑えるために一五〇〇ccのコンパクトカーであった。もちろんカーナビは搭載されていなかった。当時は第二次石油危機（石油ショック）の時期で、世界中が小さい車を望んでいた。私たちも米国滞在中に覚えた単語の一つ「energy conservation（省エネルギー）」にならって、アメリカで乗っていた車より一〇〇〇ccも少ない車を選んだ。小さな車だと万が一事故に遭った時、車の損傷が激しく、身体に与えるダメージに不安があったが、しかし、幸いなことにこの車で私が大きな事故を起こしたことはなかった。それは、妻のナビゲーションのおかげだったと思う。

妻は自分では運転しなかったが、ナビゲーターとしては満足すべき腕前であった。二人で日本中を車で回ったが、妻のナビゲーションのおかげで、道を間違えることはほとんどなかった。私の傍で道路地図を見て、大体の距離や方向を教えてくれた。道路標識を注意深く観察し、右折や左折の指示も的確であった。

ナビゲーターの役割は道案内ばかりではない。私たちが五十歳代になるまでは、関東や南東北、甲信越の山に登る時、前日の夕方か夜間に出発し、登山口に早朝に着き、明るくなるのを待って登山を始めることもあった。そんな時は徹夜に近い運転で、眠くなる。妻はそれを素早く察知し、「居眠り運転にならないように、駐車場で休憩しましょう」と警告してくれた。ドライブインなどで駐車するや否や、私はすぐに爆睡してしまう。睡眠時間は三十分から一時間、長いときは二時間ほどだっただろうか、目を覚ますと、妻は常に私が起きるのを待っていた。私が寝ている間、妻は休んでいたのだろうか。少しは仮眠を取ったのだろうか。「咲ちゃんも眠ったのかい?」と私が尋ねても、常に返事がなかったので、ずっと起きていたのに違いなかった。仮眠のおかげで事故も起こさず、登山口まで無事に到着することができた。運転手の体調管理も、いつもナビゲーターの重要な役割であった。

「二人三脚」とは、二人一組で並び、互いの内側の足首を結んで、二人で三本足のようにして走り合う運動会でのおなじみの競技になぞらえ、二人が歩調を合わせ共同で物事を行うことをいう。一八七四年に海軍兵学寮で開催された「運動会」では、競技種目に組み込まれていたようだ。

私は運転、妻はナビゲーター専門で、二人は長いドライブのごとく二人三脚で生活してきたように思える。

参考文献

『広辞苑（第七版）』新村出編　岩波書店　二〇一八年

## 志《こころざし》

**「志は高ければ高いほどよい。希望は高く、夢は大きく持つ方が良いわよ」**

（妻の言葉より）

「少年よ、大志を抱け」は、多くの日本人が知っている言葉であろう。札幌農学校の教頭だったクラーク博士は、一八七六（明治九）年、少年たちの心を奮い立たせる「大志」という言葉を残して、わずか一年にもならない日本滞在でアメリカに戻った。この後、クラーク博士の信条を受け継いだ生徒たちは、教育者・新渡戸稲造や宗教家の内村鑑三を始め、さまざまな分野で日本を背負う存在となり活躍した。

幕末の思想家、吉田松陰が指導した松下村塾は、尊王攘夷の志士、高杉晋作や初代内閣総理大臣となった伊藤博文など、幕末より明治期の日本を主導した人材を数多く輩出した。

しかし、松陰が教えていた期間はわずか一年あまりと短い。

二人の教育者にとって、教育期間は重要でなかった。情熱と器量を兼ね備えた教育者は、真摯に生徒たちと向かい合うことによって、たとえ短い間でも彼らの気持ちを奮い立たせ、高い志を抱かせることができるのだ。

立派な指導者に恵まれなくとも、他人の支えにより逆境を克服し志を立てて実現させた人間もいる。私と同郷の細菌学者で、千円紙幣の肖像画でおなじみの野口英世は、上京の際「志を得ざれば再び此地を踏まず（医者になれなければ生まれ故郷には帰ってこない）」と自分の家の床柱に彫った。

野口英世は幼い頃に負った火傷により手の指がくっついてしまい、棒のようになった手を「てんぼう」と周囲の子供たちから揶揄されて育った。しかしその後、英世が通っていた学校の生徒とその親たちの寄付によって手術代があつまり、指を切り分ける手術を受けた。手術は成功して人並みの手となり、他人からいじめられることもなくなる。この体験により、野口英世は医師になるとの志を立て、故郷の福島（猪苗代）から上京したというのはよく知られている話だ。生家が貧しく、仕送りもない極貧の生活を送っていた野口は、借金をしながら私の母校である日本医科大学の前身、済生学舎で学び、初志を貫徹するために寸暇を惜しんで勉強し、医術開業試験に晴れて合格した。彼が柱に刻んだ「志」は遂げられたのである。

同じ福島県生まれの私は、野口英世の抱いた「志」という言葉に惹かれた。しかし、自分の具体的な志についてはそれ程明確なものではなかった。開業医だった父が三百六十五日一日も休まず、診療所に来院する患者を夜昼構わず診療している背中を、物心ついた頃より見ており、医師を目指すのも良いかとは思っていた。夜の往診の時など、迎えに来た患者の家族が父に心から感謝している姿を見て、こんなに人に感謝される職業はないと感じていたのだろう。しかし、感謝されるのは、父が日夜休むことなく患者に献身的に身を挺した結果であったのを理解したのは、私がもう少し成長してからであった。

大学院修了後すぐに、私は米国に留学し、留学から戻ったときに、故郷に帰るか、もう少し東京で研究を続けるか悩んだ。米国で学んだ最新の治療法を生かすことができるのは東京だったからだ。両親は私が医師になっても、故郷の二本松へ帰って来いとは一言も言わなかった。父は東京の大学を卒業すると外科医を志し、大学に残ることを希望していた。しかし、親が病気になり、私の祖父の診療所を継ぐため、泣く泣く故郷に帰らざるを得なかったのだと聞いている。父は患者を診察しながら地元の医科大学で修業をつづけた。しかし、開業しながらでは十分な訓練にならず、内科医に転向した。父は思い描いた人生を送れなかったにちがいない。

経験から、自分が元気なうちは、私に自由に勉強をさせたいと考えていたようである。母も、父の考えに賛成してくれていた。

私が米国に留学していたのは、心筋梗塞や狭心症などに対して、全く新しい、革命的といっていい治療法が台頭した時期であった。その斬新な治療法とは、動脈硬化によって細くなった心臓の血管をバルーンで膨らませ、狭窄を解除する「カテーテル治療」のことである。この治療法だと内科医でも手術ができるので、全世界に燎原の火のごとく普及した。画期的な治療法を考案し実践した医師はドイツ人のアンドレアス・グルンチッヒだった。惜しいことに、彼は四十歳代で飛行機事故で亡くなった。もし生きていれば、ノーベル賞を受賞していただろう。独創的な治療法や診断機器はヨーロッパで開発され、米国で普及・実用化されることが多いように感じる。

海外留学を終えた私は、博士号も得たので、そろそろ故郷に帰ろうかとも考えていた。妻が「志は高ければ高いほどいいのよ。希望は高く、夢は大きく持った方が良いわよ」と言ったのは、まさにそんな時期だった。米国に同行していた妻は、カテーテル治療の重要性を認識しており、この新しい治療法を日本に普及させる役割を果たすよう、私に勧めてくれたのである。私は自分の学んできた治療法を、臨床の現場で日夜診療している医師たちに伝えたいと思い、同志を募り研究会を立ち上げ、その普及に努めた。こうした経験が、私の将来を決める転機となった。

カテーテル治療を行っているうちに、私たち臨床医は大きな壁にぶつかった。この治療法には大きな弱点があったのだ。バルーンで一旦、血管の狭窄部を拡張した病変のうち、元の状態に戻ってしまうと再狭窄が四〇パーセントの割合で起こり、再度の治療が必要となる。この課題を解決することなくしてカテーテル治療法の将来はないと認識せざるを得なかった。そんなときに背中を押してくれたのは、妻がいつも言っていた「志は高い所に置く」という言葉であった。私は再狭窄を防止する治療法を必死になって模索し続けた。同じ大学にいる医用電子講座の若き気鋭のレーザー研究者と、世界初の血管内視鏡付きレーザー照射カテーテルを開発した。この血管内視鏡は、後に動脈硬化の質的診断を行う際に重要な診断法へと発展した。血管内視鏡の開発は、私の研究者としての基礎固めに役立った。

志や目標は高きに置く。これは妻の生き方でもあったに違いない。妻は、大学入学の時には天文学科がある東京大学・理科一類に入学した。天文学という、宇宙の起源と終末の研究を目指していたのである。妻が大学二年生、私が医学部六年の時に私たちは付き合いをはじめた。妻は付き合っているうちに、何時か私をサポートしていきたいと考え始めたのだろう。

「私、薬学部に行くことにしました」。教養課程から専門課程を専攻することになる二年生の終わりに、妻は以前希望していた理学部天文学科ではなく、薬学部に変更した。東大の理科一類入学者のほとんどは工学部か理学部に進学するのに、なぜ薬学部に進学するのか、と友人に聞かれたらしい。おそらく、私のことが念頭にあったのではないだろうか。

妻の人生の目標は変更されたが、私をサポートしようとする志は富士山のように高いものであったに違いない。妻はどんな仕事であれ、山の登頂にたとえて「たとえ頂上近くであっても、自分の位置は、まだまだ低い三〜四合目にいると考えたほうがいいのよ」と言って、身を低く置き、常に高みを目指して奮闘していた。

参考文献

『野口英世（新装版）』滑川道夫著　講談社　二〇一七年

『正伝　野口英世』北篤著　毎日新聞社　二〇〇三年

## チャンスの神様は前髪しかない

### 好機はすぐに捉えなければ、後から捉えることはできない

ギリシャ神話に登場する全知全能の神ゼウスの末子カイロスは、ひと摑みの長い前髪だけが生え、後頭部が禿げていた。肩と踵《かかと》に翼があり、その翼で一瞬にして目の前を走り抜ける。その走り抜けるカイロスを捕まえるには前髪を摑むしかなく、通り過ぎた後を追いかけても、後ろに髪はないので摑むことが出来ない。そこで「チャンスの神には前髪しかなく、向かっている時に捕まえなければならない」ということわざが生まれた。「好機（チャンス）はすぐに捉えなければ、通り過ぎた後からは捉えることはできず、遠ざかってしまう」という意味であろう。「カイロス」とはギリシャ語で「チャンス」のことである。このことわざの由来は、紀元前四～三世紀のギリシャの詩人、ポセイディッポスの詩の一節からと

されている。

私は医学部の大学院二年生の時、医師として修業を積むために、心臓や肺や、全身に重篤な症状のある患者を診療する集中治療室で数カ月働いた。集中治療室の副室長は、アメリカで不整脈の基礎と臨床を学び帰国し、将来の大学病院の中枢を担うことを嘱望された中堅の医師が務めていた。その副室長は、彼の専門分野である日本循環器学会で講演したのだが、その講演はわかりやすく、また、理路整然としていたので、多くの聴衆から好評を博した。翌年、今度は日本内科学会から講演の依頼が届いたが、教授に伝えることなく、その依頼を断ってしまった。

副室長が断りを入れた四日後、その上司だった教授が、医局員を連れて集中治療室の患者の回診にやってきた。講演依頼を断ったことを学会長から聞いた教授は、入室するや否や、副室長を素早く見つけ、「私だったら絶対断らないよ」と言って、多くの医師の前で副室長を、口角泡を飛ばし叱責した。そして、「どんなにささいなことでも頼まれたことを断ると、絶対に次の依頼は来ない」と教授は断言していた。

副室長は医局の中でも、とび抜けて有能であったが、その後、教授から特別な便宜を図ってもらうこともなくなり、気まずい雰囲気になり、数年後、大学を辞めた。教授はその後、私たちに「他から何か依頼があった時は、必ず引き受けるように」と教授の経験からか、ことあるごとに語っていた。

このエピソードを話したところ、妻は「チャンスの神は前髪しかないのよね」としみじみ言った。

「チャンスの神は前髪しかない」ということわざから得られる教訓は、二つあると私たちは考えた。一つは教授が言った通り、依頼のあったことは仔細なことであっても断らず、必ずできる限りの対応をすることであろう。もう一つは、たとえその依頼が必ずしもチャンスとは思えず、すでに他人が断ったものかもしれないとしても、とりあえず引き受けること。そして、全力を尽くして対応することである。それは、次のような体験に基づく。

副室長の一件後、私にも人生を変える大きな転換点となる依頼が二回あった。それらの依頼は、必ずしもチャンスとは思えないようなものだった。一回目は、私が日本医科大学大学院を修了してすぐに、新設間もない防衛医科大学校内科の教授から、助手として来ないかと誘われた時である。二回目は、防衛医科大学校の講師だった私に、日本医科大学の学長から「新設の日本医科大学千葉北総病院に助教授（准教授）で来てくれないか」との依頼があった時だ。二つの誘いは、決して誰もがうらやむような良い条件の依頼だったわけではなく、一回目は初めての就職なので話があった時にはそれがチャンスなのか否かさえわからなかった。どちらのケースも、まだ先の見通せない新しい病院の勤務だった。スタッフも不足しているであろうし、システムもまだ整っていない。苦労することは目に見えていた。

いずれの場合も妻に相談したところ、「迷っている時は、まず前髪にしがみ付いたら、チャンスとするか否かは本人の意志と行動次第でしょう。とりあえず依頼を受諾しましょう」との答えが返ってきた。妻の前向きな意見に背中を押されて、私は依頼を受けた。

新設の日本医科大学付属千葉北総病院を立ち上げる際、私は新しい仲間と一緒に、今までにない病院を作って行こうと決意し、そのように宣言した。基本としたのは、医師、看護婦（当時は看護師と言わず看護婦と言っていた）、事務職、技師に、上下関係を置かず、各自の分野で建設的な意見を出し合うようにして、管理職は良いと思った事柄にはすぐにゴーサインを出すことである。人口過疎地に建設された千葉北総病院は、予測より早く、数年で許可された病床数でフルオープンし、千葉北西部の中核病院となった。

もし、打診された勤務条件やポジションが不満で、その依頼を断っていたら、私は医局の中に埋もれ、恐らく大学には残っていなかっただろう。後で分かったことだが、いずれの異動も、すでに先輩の医師たち数人に声がかけられており、彼らは依頼を断っていた。貧乏クジかもしれないと思いつつ引き受けた私だが、この二つの依頼は私の「チャンス」となり、大学におけるキャリアを開いてくれたのである。

さらに、前髪を摑んだだけでは不十分であると妻と私は思っていた。前髪（チャンス）を捕まえる前に「研ぎ澄まされた頭で、常にチャンスに備えるべきである」と考えていた。やってきた依頼をチャンスとするか否かは本人の準備次第だ。チャンスを「チャンス」として確実に捕まえるには、日々準備をしていることが肝心であろう。

防衛医科大学校は、たとえ新設であっても基礎研究や臨床研究を行うには最適な施設の一つで、豊富な人的資源と設備を備えていると思われているはずだ。しかし必ずしも、自分の研究テーマに役立つ仕事を行っている他部門の研究者がいるとは限らない。私が冠動脈硬化の治療にレーザーを使用できないかを模索していた時、既に基礎医学を履修した学生から、レーザーを専門に研究している医用電子の准教授がいることを偶然教えられた。数ある研究者の中から、まさに最適といえる者を探すのは容易なことではない。この時は千載一遇のチャンスと考え、早速その准教授に共同研究を呼びかけた。研究すべきことはすでに頭の中で整理され準備をしていたので、話はとんとん拍子に進み、早速、連携して作業に取りかかることができた。その際の研究の副産物として、世界を驚かした血管内視鏡カテーテルを作ることができたのだ。

「チャンス（幸運）はよく準備された心にのみ微笑む」という近代細菌学の開祖であるルイ・パスツールの有名な言葉が『セレンディピティと近代医学　独創、偶然、発見の100年』

で紹介されている。逆に言うと準備を怠る者には、チャンスは絶対訪れない。世界の自然科学界に歴史的な大転回をもたらした先人の言葉には、私が述べた教訓の二つ目、「研ぎ澄まされた頭で常にチャンスに備えている」と相通じるものがあるようだ。

参考文献
『レオナルド・ダ・ヴィンチの手記（上）』杉浦明平訳　岩波文庫　一九五四年
『セレンディピティと近代医学　独創、偶然、発見の１００年』モートン・マイヤーズ著　小林力訳　中央公論新社　二〇一〇年

## 大いなる誤解

「無事《ぶじ》是貴人《これきにん》」

（朝比奈宗源訳註『臨済録』より）

妻は「無事、是、貴人よ」と言っていたが、どのような場面でその言葉を持ちだしたのか記憶が定かでない。私が海外出張から帰ってきた時に妻がそう言ったのではないかと思っていた。しかし、それは私の勘違い、思い違いであった。

血管内視鏡という日本オリジナルの研究をしていたので、私は海外の学会や研究会等への出張が多かった。「Travel is trouble.（旅はすなわちトラブルだ）」という言葉があるように、旅行にはトラブル（もめごと）が付きものらしい。ちなみに旅行を意味する英語「travel」の語源はフランス語の「travail（苦しみ）」だったという。現在のような楽しみのための旅行ではなく、昔は旅すること自体に苦しみがつきまとったのだろう。後述のように、私もさまざまな海外旅行中のトラブルや災難を体験した。

時刻通りに発着することでは、世界に冠たる日本の交通機関に慣れていると、海外では定時に飛ぶはずの飛行機も遅れることが非常に多い。出発が遅れたために接続便に間に合わなかったことが数回どころではなかった。ひどいときは、韓国始発ロサンゼルス便が成田に大幅に遅れて到着したため、成田空港での離陸も遅れてしまい、ロサンゼルス空港で、アトランタ行の最終接続便に間に合わず、次の朝の便で飛ぶことになった。しかたなく飛行場近くのホテルで一泊した。日本に電話すると、「まだロサンゼルスなの？　学会には間に合うの？　飛行機の都合ではしょうがないわね、気を付けて」と妻は心配そうにしていた。声が低めなので、不安になっているのがすぐ分かる。妻の心配通り、残念ながら学会の午前中のセッションには間に合わなかった。旅行日程がスケジュール通りにはいかないことを痛感したので、国外での学会には開催日の前日より前にその地に着くよう心がけた。

また、米国南部の最大都市ダラスからの帰国時、離陸はしたが数十分経ってもまだダラスの街並みが窓から良く見える。さすがに大きい街だと感心していたら、搭乗した飛行機がエンジントラブルを起こしたため、ずっとダラス上空を旋回していたに過ぎなかった。結局、「引き返す」とのアナウンスがあり、離陸した空港へ戻らざるを得なくなり、そこで一泊した。妻に報告したところ、「エンジントラブルで墜落しなくて良かったわ。帰国が遅れるのは仕方がないわね。大学に連絡しておくわよ」と言ってくれた。予定した日に帰国しないことになったので妻は身が縮む思いであったろう。帰国するたびに「とにかく無事で帰ってきて良かった。お帰りなさい」というのが妻の第一声であり、安堵の表情を見せていた。

極めつきは、二〇〇一年九月十一日に米国ニューヨークなどで起きた、国際テロ組織アルカイダによる同時多発テロであった。私は崩壊した世界貿易センタービルに比較的近いホテルで開催された学会に出席していた。世界貿易センタービルに飛行機が突入した瞬間、学会参加者は会場内で熱心に討議をしており、誰もテロには気付かなかった。私が休憩中にホテルの部屋に戻ったところ、電話のメッセージランプが点灯していた。フロントに電話したところ、妻からの電話であった。すぐにホテルから自宅に電話したところ、「ニューヨークで飛行機が衝突し、ビルが崩壊したの。あなたは大丈夫なの？ 連絡がつかないから心配していたのよ」と言われた。そのとき初めて、世界中が固唾を呑んで見守っている事件がすぐ近くの建物で起こったことを知らされた。とりあえず、妻に無事であることを伝えたが、その直後からニューヨーク・ケネディ国際空港が閉鎖されたため、帰国便が飛ばず、四日間余分に滞在しなければならなかった。

ニューヨークのマンハッタンではイエローキャブとして知られるタクシーすら走っておらず、テロ直後の街はゴーストタウンのようであった。まるで、ホラー映画の一コマのようで、夜は薄気味悪さを感じた。悲劇的な事件のあとしばらくはアメリカ全体がものものしい雰囲気に包まれ、国中で犠牲者たちを悼んでいた。私たち学会参加者は事件後四日間足止めされ、ほうほうの体で帰国した。もし、攻撃されたのがニューヨークの象徴の一つエンパイアステートビルだったら、そちらのほうが私たちのホテルにかなり近かったので、何らかの被害を被っていたかもしれなかった。そう考えると背筋がゾクッとした。

登山でもまた、妻を心配させたことがある。その時は山小屋嫌いの妻は同行していなかった。北海道の背骨、日高山脈の盟主である幌尻岳登山で低気圧による豪雨に見舞われ川の増水で、帰りの渡渉（川を歩いて渡ること）ができずに二日間山小屋に閉じ込められたのだ。携帯電話が通じるエリアではなかったが、幸いなことに夏季だけ常駐している小屋の番人が無線衛星電話を持っており、かろうじて妻に連絡ができた。豪雨で登山者が山小屋に閉じ込められていることは、妻もニュースで知っていたようだが、「あなた無事なの？　帰ることが出来るの？　食料もそんなに持ってはいないでしょ」などと心配していた。無線衛星電話は、我々の上を衛星が通過するときだけしか通じない。電話を使いたい人は五百円を山番に払い、時間を見計らっていっせいに小屋の外に出て、ひたすら人工衛星が上空に飛んでくるのを待った。五百円は安い通話料だった。

山小屋からの下山は、なんとか渡渉はできたものの、登山道入り口までの林道が数カ所、鉄砲水で寸断されていた。深くえぐられて谷のようになった道を一旦降り、再度、元の林道のところまで登った。幸いこのような個所には、地元の山岳隊や消防隊の人が救助に来てくれており、ロープを使い我々を誘導してくれた。私たちは途中の観光もせず、一目散に新千歳空港に向かった。

このように生死を案じさせるような旅行をしているので、妻が良く言っていた「無事、是、貴人」を「無事、是、帰人」、すなわち私の無事な帰宅を喜んでくれていたのだと、思い込んでいた。ところが、とんでもなく間違った解釈をしていたのだ。妻が他界した二年後、読んでいた本やパソコンのマニュアル、百枚近くになるフロッピーディスクを収容していた本棚のガラスの扉を開けた時、二葉のセピア色の短冊がさっと床に落ちた。一葉には「無事、是、貴人」、もう一葉には「一日不働一日不食」と書かれていた。

この短冊は、埼玉県新座市野火止の平林寺が発行したものだった。平林寺は開創六百五十年ほどの臨済宗の古刹で、禅修行の専門道場である。十三万坪にも及ぶ境内は散策に一時間ほどかかる。妻が家族と一緒に訪問した際に、この短冊を購入し、思うところがあって一生保管していたのだろう。短冊の上と下には画びょうで止めた穴が開いており、妻が実家の柱か壁に長年貼っていたに違いない。
「無事、是、貴人」は、中国唐代の禅僧で、臨済宗開祖となった臨済義玄の言葉であり、「無事」とは世間一般でいう平穏無事の無事とは違い、外に向かって探し求める心が無くなったところを無事という。努めて無事に徹すれば、そのまま仏と変わらない人、すなわち貴人であるとする。「貴人」とは、悟りを得た気高い人のことである。ちなみに、貴人は「きじん」ではなく「きにん」と読む。禅宗で目指すところの悟りは、心の平穏、安心にあった。

　妻が常に求めていたものは「心の平安」であり、日ごろ「無事、是、貴人」と言っていたのを、私は自分勝手に解釈し、「無事」は危険が無いことであり、「貴人」を「帰人」、すなわち帰ってきた人と、勘違いをしていた。

　人が勘違いをするときには多くの場合、「選択的認知」によってなされる。選択的認知とは自分が何かを判断するときに、自分が「そう思いたい」内容を優先して判断することをいう。妻は私が無事に旅行から帰ってきたので、平安な心を得られたので、「無事、是、貴人」と述べた可能性もなくはないが、わたしが旅行から無事に帰ったことを喜んで、言ったというのは、私の思い込みで、勘違いだったのだろう。

　没後二年経つまで、私はまったく誤解していたのである。

参考文献

『臨済録』朝比奈宗源訳註　タチバナ教養文庫　二〇〇〇年

# マーフィーの法則と妻の万全の準備

## 備えあれば憂いなし

「無事に主人の退職の祝賀会が終了することを望むばかりです。マーフィーの法則ではありませんが、起こって欲しくない時に事が起こるとか……。私は入れ歯や差し歯が多く、顎に負担がかからないよう軽く付けているため、何時落ちるか、かかりつけの歯医者の先生にもわからず、祝賀会当日落ちたらどうしようなんて心配しています」と、私の退職日の前日、妻は医局の秘書に不安そうなメールを送っていた。

「マーフィーの法則」とは、「急いでいる時に限って電車が遅れる」など、起きて欲しくない時に限って日常の残念なできごとが起こってしまう、という意味の経験則として世に知れ渡っている。もともとはアメリカ空軍のエンジニアだったマーフィー大尉が、仕事柄、万一失敗すれば命に関わるため、「起こる可能性のあることは、いつか実際に起こる」と言ったことに由来しているそうだ。だから、注意して故障の起こりうる原因を全て排除せよというのが、この法則の真意だったのである。マーフィー大尉の教訓は、実は医療事故対策の要でもあった。

別の見方をすると、失敗をしないためには、万全の点検と準備をすればよいということになる。いかなる場合も充分に準備をしておけば、決して心配することはない。すなわち「備えあれば憂いなし」であろう。

余談だが、「備えあれば憂いなし」の出典は、中国の歴史書である『書経』であるとされている。さらなるルーツは『春秋左氏伝《しゅんじゅうさしでん》』で、中国最古の王朝・殷《いん》の宰相である傅説《ふえつ》の言葉らしい。彼は紀元前十世紀ごろの人というから、日本では縄文時代晩期・弥生時代の始まりの頃である。

九月一日の防災の日が近づくと、妻はいつも、懐中電灯、手回しラジオ、簡易トイレ、ペットボトルの水などを点検していた。防災についてあまり関心のない私に、「防災の日が九月一日に決まった理由を知っている?」と問いかけてきた。「九月は台風が多いからね」と答えたところ、「関東大震災が起こった日よ。東京の青木の家（妻の実家）もその時は大変だったようよ。災害は忘れたころにやって来る、とよく言うでしょう。万一に備えて準備しておかなければダメよ」と、いつもの如く妻に諭された。

パソコンのバックアップは、私にとって「備えあれば憂いなし」の例であった。パソコンを導入したばかりの頃、ワードで書いた文章を上書き保存せずに電源を切ってしまうと、書いた文章が消去されてしまい、再度同じ文章を書かなければならないという悔しい経験が何度もあった。確かに、妻は私に「上書き保存を頻繁に行いなさいよ」と教えてくれていた。しかし、面倒くさがり屋の私は疲れるまで仕事を続け、保存せずに無意識に「終了」をクリックしてしまい、文章がすべて消去されてしまったこともあった。今のパソコンソフトは自動的にバックアップされるので、文章が消去される心配はなくなり、安心である。

パソコンがクラッシュし使えなくなることは、きわめて稀ではあるが、その万が一の事態に備えることも必要だろう。医局員のK医師は、その日の仕事の終わりには、必ずデータを保存用のUSBメモリなどに転送し、パソコンとは別に保存をしていた。その一連の動きを、私はいつも省略していたので、すっかり敬服して見ていた。

妻は同じようにバックアップをとるだけでなく、さらに周到だった。私が学会発表や講演で使用するパワーポイントで作ったスライドを、必ずUSBメモリのみならず、CDにもコピーし、ノートパソコンとは別に携帯し持って行くようにしていた。パワーポイントによる発表の黎明期には、持参したノートパソコンがプロジェクターに接続できず、US

Bメモリも役に立たないという、絶対に起こってほしくないことが起きてしまう大ピンチに陥ったことがある。そのときは妻の用意してくれたCDが役に立った。私はすぐに「持参したCDが役に立ったよ、ありがとう」と日本に電話を入れた。いつもは静かに「そう」としか言わず、感情をあまり出さない妻が、「やっぱり役に立ったでしょう、良かったわ!」と喜び、弾んだ声で応えた。

海外旅行に行って財布を落としたり、大事なものを置き忘れたりし、困った経験をした人は結構いるのではないか。私が海外に出かける際に、周到な妻はいつも同じものを二つ用意してくれていた。お金とクレジットカードを入れた財布を二つ用意し、一つを私のジャケットかスーツの上着の内ポケットに、もう一つを旅行用トランクの内側のポケットに入れておき、もし、片方が紛失しても困らずに対処できるようにしてくれていた。そのおかげで実は何回か助けられた。

私は忘れ物や紛失が多い。それは医局でも有名であり、その話をすると「またですか」と揶揄される。旅行中に財布を紛失したことは二回あった。一回目はニューオーリンズの空港からホテルの間で、二回目はワシントンへ向かう途中、乗り換えのニューヨーク・ケネディ国際空港で。いずれも学会での発表直前であった。発表という行為に集中し、他のことを考える余裕がなかったからかもしれない。財布をなくしても、いつも妻が予備のお金を旅行用トランクに入れてくれていたので、困ることはなかった。ドルと円の両方の通貨が用意されており、それも別々に分けて入っていた。財布に入っていたクレジットカードも妻にカード会社に電話してもらって止めた。

ワシントンでの学会の際、予備のカードがあったが、米国の小売店では使いにくかったので、現地でカードを再発行してもらった。週末はカード会社が休みだったので、月曜日に一時間程度かけワシントンDC郊外のベセスダまで地下鉄に乗って、受けとりにでかけた。ベセスダにはアメリカ国立衛生研究所（NIH）がある。NIHはその傘下に二十七の国立研究所や研究センターを持つ研究機関であり、同時に米国の大学や研究機関に巨額な競争的研究資金を配分していることでも知られている。研究所には私の知り合いを含め多くの日本人が留学していた。カードをとりに行ったおかげで、残念ながら、午前中の学会には出席できなかった。しかし、訪問したいと思っていたアメリカ国立衛生研究所があるベセスダに行くことができ「災い転じて福となす」であった。

海外に行ったときパスポートはお金より大切な最重要書類である。学会場に置き忘れたり、街中で掏《す》られたりして紛失してしまうと、現地での身分証明書を失うため、帰国の際に飛行機にも乗れなくなってしまう。そのような緊急事態に陥ってもスムーズに再発行ができるように、妻はパスポート用の写真とパスポートのコピーおよび米国にある日本大使館と領事館の電話番号のメモをトランクの中に入れてくれていた。幸いなことにパスポートを紛失したことはなかったが、帰国する際に空港で航空券をなくしたことがあった。航空券の再発行をしてもらい、パスポートを見せ、クレジットカードで支払って、無事に帰国できた。

私の携帯用財布には、クレジットカードを紛失した際の緊急連絡先の電話番号、コレクトコール用の電話番号、妻のパスポート番号、ＪＡＬやＡＮＡなど飛行機会社のマイレージの番号とアクセス番号などが小さな紙に整然と書かれた一覧表が入っており、ほぼ同じものが旅行用トランクケースのポケットにも入っていた。こういうことを「備えあれば憂いなし」というのだろう。私はいろいろなトラブルを経験し、災いが福となった事もあったが、いかなる時にあっても妻の「備え」のおかげで助けられた。

参考文献

『書経』山口謠司著　角川ソフィア文庫　二〇一九年
『マーフィーの法則　現代アメリカの知性』アーサー・ブロック著　倉骨彰訳　アスキー　一九九三年

# 今、どこですかー

「待たせる身が辛いかね」

（檀一雄『小説　太宰治』より）

妻は外出するときに腕時計を付けなかった。腕時計を持っていなかったわけではない。学生の時に使っていた時計を後生大事にしていたし、千葉の伯父から結婚祝いに貰った、私たちには勿体ないオメガのペアの時計もあった。しかし、それらの腕時計は妻の腕に付けられずに、タンスの引き出しやハンドバックの中で、静かに出番を待って眠っていた。

腕時計を付けないのは妻だけかと思っていたら、種々のアンケートを見ると男女問わず約半数が腕時計を付けずに外出するようだ。付けないという回答は、なぜか男性より女性の方が多い。

「街に出ればいたるところに時計があるので、腕時計を付ける必要性はない」と、日頃妻は言っていた。はたして本当に時計はいたるところにあるのだろうか。銀座四丁目の交差点に面した和光の屋上には大きな丸い時計があり、銀座の象徴として知られている。地下鉄を含む東京近郊の鉄道のホームには、次の電車の発車時刻を告げる電光表示板が吊り下がっている。最近はバスの中でも時刻を確認できる。

恐らく妻はそれらの時計を見ながら、わき目も振らず、まっしぐらに待ち合わせ場所へ進んで行ったのだろう。いつも目的地までのバスや地下鉄の乗車時間、歩く時間を前もって緻密に計算してから家を出ていたので、妻は必ず約束の時間前に到着していた。

私の大学勤務中は、よく妻と日中や夕方に、外で待ち合わせをした。待ち合わせ場所は、目的地である音楽会会場、美術館、映画館などに近い、書店やデパートであった。私の短所の一つは、待ち合わせ場所に時間ぎりぎりに到着するということである。時間に遅れることも、結構多かった。来客のために予定していた出発時間が遅れたり、妻のようにシミュレーションをせずに出るので、初めてのところだと待ち合わせ場所を捜すのに時間がかかったりするからだ。そのように、いったん染みついた遅刻癖はなかなか抜けなかった。

遅刻する人は大雑把で、面倒くさがり屋で、必要に駆られないと行動できず、そのため時間ぎりぎりになってから、ようやく準備を始めて出発するゆえに、その間に少しでも予定外の事が起こると、遅刻する結果につながってしまうらしい。私もそのような性格に当てはまることを反省せざるを得なかった。

私が遅れている時は、心配した妻から「今、どこですかー」というショートメールが入った。メールのない時代には「今、どこですかー」と電話が入る。地下鉄など電話のつながらない場所で受信すると、留守番電話に「今、どこですか、連絡してください」と不安そうな妻の声が何回も録音されていた。メールの文字より肉声の方が、心配している様子がより強く伝わってきたものだ。

前述したように、妻は待ち合わせ時間の十分以上前に着くよう、必ず余裕をもって家を出発していた。旧日本海軍の伝統に「五分前精神」というのがある。定刻の五分前には準備を終え、定刻と同時に作業を始められる状態にするのを旨とした精神である。こうした例ばかりでなく、世界中のエリートたちは十分前精神を身につけているようだ。私は、大会社の社長たちが会議開始前に必ず席を温めて、参加者が揃うのを待っていたことをよく見ていた。

私が務めていた防衛医科大学校の内科の教授は、太平洋戦争の時、軍医として戦艦武蔵に乗船していた。医局で会合がある時には、教授はいつも我々が到着する時間の五〜十分前から待っていた。私たち下っ端は、いつも恐縮するばかりだった。

義父は、大学を卒業してすぐ軍隊に召集され、陸軍に配属された。軍の物資の補給等を行う兵站《へいたん》の一員として、東南アジアでトラックの運転をしていたそうである。もともと全てに厳しい義父であったが、軍隊で一層磨きがかかり、幼かった妻にも約束の時間を厳守する大切さを教えていた。

戦艦武蔵の軍医だった教授と同じように、妻は待ち合わせ時間の五～十分前に必ず到着し、私を待っていた。私を待たせることはほとんどなかったが、やむを得ない場合には、私なりに非常に申しわけなく感じた。長時間待たせることはほとんどなかったが、ゲーテの小説『ファウスト』の主人公のように「(時間よ)止まれ」と言って、妻の時間だけを止め、その間歩くことが出来たなら、などと手前勝手なことを願ったりした。

妻は義理の妹(弟の妻)が一人いた。都内に住んでいた義妹と、たまに銀座などで待ち合わせることもあったようだ。年齢が下の義妹のほうが早めに待ち合わせ場所に行って妻を待つのが一般的な常識かと思われるが、どうもその逆だったらしい。「○○さんはいつも遅い。必ず私のほうが待つのよ」と、妻は言っていた。ただ、義理の妹は明るく物事にこだわらない性格なので、「おねえさん、遅れてどうもすみません」と素直に言われると、「しょうがないわね。そんなに待っていないわよ、私も今来たばかり」と、本当は長く待っていても、怒ることができなかったようだ。通常、自分に厳しい人は他人にも厳しく対応しがちだが、妻は他人の欠点を許す、心優しき人だったのだ。

待ち合わせに遅れた時以外でも、よく妻からの「今、どこですかー」メールを受信した。私が地方の学会や講演会に出かけて帰宅が遅いと、心配になるようだった。私が電車の中で眠ってしまい乗り越したのではないか、事故を起こしてケガをしたのではないかなど、安否を気遣うメールをよく送ってきた。

特に思い出深いのは、岡山の学会から帰京した際、送電線か何かの故障で新幹線が静岡県内で止まってしまい、列車内で一泊しなければならなかった時のことだ。毛布を借り、座席での仮眠となった。東京駅に着くのが朝八時半頃との車内アナウンスがあったので、家に寄らず直接大学に行くとメールしたところ、「朝食も食べていないんでしょう、健康に良くないわよ。サンドイッチを作って東京駅で待っているから、それを持っていって」という電話がきた。妻は東京駅で朝食用サンドイッチと、昼の弁当を用意して待っていてくれた。朝早く起きてサンドイッチと弁当を作り、わざわざ東京駅まで来てくれたのである。一体、何時に起きたのかと、私の方が心配になった。新幹線の到着が少し遅れたので、この時も「今、どこですかー」との連絡が何度かあった。新幹線の遅れとはいえ、妻を待たしたことに済まなさを覚えた。

妻は待っている辛さとストレスから「今、どこですかー」と連絡し、自分が感じている苦痛を私に知らせていたのだろう。小説家・太宰治は、友人の檀一雄を長い間待たせた時に「待つ身が辛いかね、待たせる身が辛いかね」と言ったという。待っているのは辛いが、待たせる側も申し訳なさにさいなまれて辛いものだ、という意味である。後日、このエピソードは、太宰の代表的作品となる『走れメロス』が生み出される発端となった。

妻は待っている辛さから「今、どこですかー」と私に知らせたが、待たせるのも辛い、というのも知っていたので、約束の時間に遅れて到着した私を責めることは一切なかった。

参考文献

『ファウスト　第二部』ゲーテ著　相良守峯訳　岩波文庫　一九五八年

『小説　太宰治』檀一雄著　岩波書店　二〇〇〇年

# 有言実行か不言実行か

## 百言は一行に如《し》かず

（妻への言葉）

「百聞は一見に如かず」は昔からよく知られた諺で、一度か二度は何かの折に聞いている言葉であろう。人から何度も聞くより、一度、実際に自分の目で見るほうが確かであり、よく分かる、理解できる、との意味である。学生時代、私がサッカーをやっていた時も、実際にコーチが身をもって示してくれると、何度も言葉で指導されてきたことが、ストーンと腹に落ちた。

「百聞は一見に如かず」の由来は中国の『漢書』である。辺境地における反乱を偵察に行ったところ、聞いていた情報とはだいぶ様子が違った。実際に見てみると起伏の多い山あいの地だったので、騎馬による攻撃ではなく、むしろ歩兵を多数配することで鎮圧に成功したという紀元前一世紀の故事に由来している。

なぜ、この諺を持ち出したかというと、私自身の体験にも同様のことがあったからだ。私たちの研究チームは約三十五年前に心臓の血管、すなわち冠状動脈用の血管内視鏡を開発した。従来、生きている人の冠状動脈の中を身体の外から内視鏡で観察することは不可能と考えられていた。それが、実際に血管の中をこの目で見た時の感動は、今でも忘れられない。その場にいた全員が「ウォー」と感激の声を上げ、拍手をした。患者もさぞかし驚いたことだろう。血管内視鏡を施術していた全員がテレビモニターにくぎ付けで、前もって決めていたビデオ記録係も肝心のビデオ収録をしていなかったことに気づき、「ビデオ、ビデオ」とあわてて誰かが叫んだ。山吹色の動脈硬化が明瞭に観察でき、私は卵の黄身に似せて「イエロー・プラーク」と命名した。この名前は医学用語として世界で共通して使われるようになった。この体験から「百聞は一見に如かず」という諺を、私たちは脳裏に焼き付けた。

帰宅してこのことを妻に話したところ、「『百聞は一見に如かず』には続きがあるのよ」と教えてくれた。それも一つではなく、四つもあるのだ。

「百見は一考に如かず」見るだけでなく、考えないと意味がない。
「百考は一行に如かず」考えるだけでなく、行動するべきである。
「百行は一果に如かず」行動するだけでなく、成果を出さなければならない。
「百果は一幸に如かず」成果を上げるだけではなく、幸せに結びつかなければならない。

これら四つの文言は『漢書』には載っておらず、後の人々の創作であるが、それぞれ奥深い言葉が続いている。平易に解釈すると「見るだけでは何も得るものはない。しっかりと見て、考えて理解することが大切である」。「理解することができたら、実際に行動に移ろう、行動することにより、学べることも多い」。「行動するだけで満足してしまうのではなく、何かを成し遂げるために、結果が出るように努力し、成果を出すことが大切である」。「成果をあげるだけでなく、それが幸せや喜びにつながらなければならない。その幸せは自分だけでなく、みんなの幸せを考えることが大事である」というようなことであろうか。

さて、私はこれらに似せて、「百言は一行に如かず」という言葉を造語した。妻は、私に何かを頼まれると「できる」「できない」やできない理由をあれこれ述べることなく、ただちに着手し、行ってくれていた。この言葉は妻の為に作った造語なのだ。

今では当たり前になった、学会発表におけるパワーポイントのプレゼンテーションだが、従来のスライドからパワーポイントに代わったときは、コンピュータ操作にある程度の習熟が必要であった。妻はまず、パワーポイントのソフトウェアを買いに行き、その足で解説書も購入し、やおらパソコンの前にすわった。妻も私も学生時代にパソコンなるものを使ったことのない世代である。しかし、妻はコンピュータの基礎から学び始めた。何事を行うにも自分の頭で理解し納得してから次の行動に進むタイプだった妻は、パソコンにトラブルが生じたときにも自分で考え、修復にあたっていた。トラブルの修復を助けてくれる人が身近にいなかったため、ソフトウェアの会社やパソコンのメーカーなどに直接電話をかけ質問をしていた。いつパソコンのトラブルに巻き込まれるかわからないというストレス、そのトラブルを解決するのにどれほど時間がかかるであろうかとの不安は、筆舌に尽くしがたいものだったに違いない。しかし、妻は自分のストレスを言動に表わすことは一切なかった。

政治家は、できそうにないと分かっていながら、有権者が喜びそうな甘い公約を次から次に口から発するようである。それらは「公約」と銘打っているが、政治家と選挙民の間に交わされた公の約束ごとではなく、破っても何ら自責の念が起きない。公約ならぬ「口約」であろう。多くの政治家は増税などの選挙民が嫌がる厳しい公約はしない。また、選挙民も増税により、現状の生活レベルから落ちてしまうことを危惧している。そうすると、増税は延期され、国や地方の借金はどんどん増えてゆく。我が国の借金は日本の国内総生産（GDP）の二・四倍にも膨らみ、世界最悪の借金国になってしまっている。妻は自分の家計簿と国の借金を比較し「日本はこれだけの借金を抱え、どうなるのでしょうね」と素人ながら憂えていた。

政治家と異なり、妻は不言実行を旨とした。『論語』に「君子は言《げん》に訥《とつ》にして、行《こう》に敏《びん》ならんと欲す」とある。訥とは口数が少ないこと、敏とは素早いこと、すなわち、立派な人物ならば、口は重く、実践において素早くありたいものだ、という一文である。何を言うかよりも、どう行動するかの方が大切だという戒めも込められている。

妻はできそうと思ったことでも、「できる」とは言わなかった。また、できそうもないことにも「できない」とは言わなかった。「できない」と述べることは、最初から逃げ道を作っていると考えるのが妻の性格で、到底許せるものではなかった。一方、「できる」と言って、もしできなかったら、責任を果たせなかったことに耐えられないと考えていたのではないだろうか。「責任を取るのは嫌なの」と、よく言っていた。

人には「不言実行」の人がおり「有言実行」の人もいる。西郷隆盛、吉田松陰、坂本龍馬、勝海舟など、幕末・維新に活躍した志士たちに多大な影響を与えた幕末の思想家に佐藤一斎という人がいる。彼は『言志四録』を著した。一斎は、志をたてた事柄について各自の胸に秘めるのではなく、あえて言葉にして表現することに意味があると信じた。それゆえ『言志四録』と名付けたのである。「人間の意思は脆《もろ》い。だからこそ、やるべきことを明言することが重要なのだ」と、一斎は「有言実行」を重んじた。それは、退路を断つということにもなり、厳しいものでもある。

「有言実行」の対語として、「理屈を述べずに、やるべき事柄を黙って行う」という意味の「不言実行」がある。孔子の『論語』にも「まずは言おうとすることを、実行してから、後でものを言う」という主旨の一節がある。孔子は「言葉にしただけで行動しないのを最も良しとせず」とした。

「不言実行」は何も約束をしていないので、必死に行動しなかった結果でも「これが私の成果です」と自分をごまかし、他人を欺いてしまう危うさをもつ。幾多の困難を乗り越え、最強の経営者と言われた稲盛和夫は「不言実行」は慎しまれるべきではないかと、警鐘を鳴らしていた。

「有言実行」と「不言実行」のどちらが良いかということが、よく議論になる。現代ではどちらかというと「有言実行」を支持する人が多いようだ。ただ、高齢の人には「大言壮語するより、とにかく行動で価値を示せ」と、「不言実行」が多かったように思える。思慮深い人は状況により「有言実行」と「不言実行」を変えることもある。いずれにせよ、「行う」ことに重きが置かれているのは間違いない。

「不言実行」だった妻は、行うだけでは充分でないと考えた。必ず成果を得ることを目指した。そのような意味では「百行は一果に如かず」も妻のモットーだったのだ。妻は常に自分の苦労を私に気づかせないような努力を行っていた。そして、いつも成果をあげていた。

妻が作成した血管内視鏡のパワーポイントは、動画を取り込んだリアリティのあるもので、かつ非常に鮮明だったため、多くの視聴者の心に感銘を与えたと、私は信じている。

参考文献
『君の志は何か　超訳言志四録』佐藤一斎著　前田信弘編訳　日本能率協会マネジメントセンター　二〇一五年
『論語』金谷治訳注　岩波文庫　一九九九年
『燃える闘魂』稲盛和夫著　毎日新聞社　二〇一三年

# 第三章　妻の人柄

# シャイ　照れる

## 「私が日本に来て最初に感じた言葉は『シャイ』です」

（ジネストほか『「ユマニチュード」という革命』より）

「咲ちゃんは写真に写るのを嫌がって、山での集合写真になると、いつもスーっといなくなってしまう」と妻の従妹に話したところ、「お姉さんはシャイだから」とすかさず言った。従妹は、妻を実の姉のように慕い自分の進学や子育てのことなどをしょっちゅう相談しており、付き合いが深かった。また、気心が知れた友人の手紙にも、妻は「シャイであった」と書かれていた。生活を共にする中で、妻には積極性もあり、それほどシャイな性格であるとは思っていなかったので、私は少し意外に感じた。

シャイな性格というのは、妻のみならず多くの日本人に当てはまるようである。認知症高齢者のケアに大変革をもたらした技法、「ユマニチュード」の開発者であるフランス人のジネストとマレスコッティは、著書の中で、日本に来て最初に感じたことは、日本人はシャイであり、他の国の人たちに比べて非常に内気で控え目である。日本人は人間関係を恐れ、争いより調和を重視して、共に住むことを容易にする習慣や文化を作り出し、日本社会にはそれに基づくルールがかなり厳格に出来上がっていると述べていた。

確かに、多くの日本人は、飛鳥時代に聖徳太子が制定した十七条憲法の第一条にある「和を以て貴しと為す」（人々が協調することは大切なことだ）を尊重し、近代にあっては作家、武者小路実篤がよく揮毫していた「仲よき事は美しき哉《かな》」を心の糧《かて》としてきた。他人と異なる意見と行動が当然と考える欧米型の慣習からすると、日本人は和を求めるあまり、人間関係を損なうのを最も恐れている、そのために内気で控えめになってしまうと、ジネストとマレスコッティは考えたようだ。

アメリカの著名な文化人類学者であるルース・ベネディクトは、第二次世界大戦直後に『菊と刀』を上梓した。その中に記された「恥の文化」と「罪の文化」の比較は、卓逸した日本人論としてよく知られている。すなわち、欧米では内面の良心を重視する「罪の文化」であるのに対し、日本は世間体や外聞といった他人の視線を気にする「恥の文化」だという考察だ。「罪の文化」においては行動の規範となるのはキリスト教の戒律であり、それに反すると強い罪の意識を持つ。他方、「恥の文化」は、世間がそれをどう思うか、他人の目という相対的な基準で自分の行動を決めているというのである。

ルース・ベネディクトの日本人論から約七十年が経ち、斬新な介護法「ユマニチュード」を考案した二人のフランス人が、日本人は人間関係を怖れるあまり、世間の目を気にしていると、ベネディクトと同様な指摘をしたのは驚きである。他人の視線を気にするのは日本人の変わらぬ特性のようだ。妻は「争うことが嫌なのよ」と、折々に言っていた。妻がシャイであったのは、他人との争いを恐れ、避けるための防御行動だったのだろう。

欧米人が、日本人のシャイや恥の文化に違和感を持つのは当然のことかもしれないが、恥の文化にも素晴らしい点がある。それは、常に意識が「外」に向けられていることである。恥をかきたくないという消極的な考え方だけでなく、日本人は「他人に対する思いやり」を持っていることが多い。このことは、欧米人の日本人論に欠けている点ではないだろうか。他人を意識するのは決して悪いことばかりでない。シャイだった妻の信条は「他人のために役に立たなければ生きている意味がない」であった。妻はその信条に従い、他人のために尽くす一生を送った。

以下は、妻のシャイと妻の思いやりのエピソードである。西武線沿線に住んでいた私の叔母の夫が認知症になって、徘徊して家に戻れないことが多くなり、ひどい時は、叔母の留守に一人で山梨まで行ってしまったことがあった。それ以降、外出する際、叔母はいつも夫を伴うようになった。叔父は私の勤めていた病院の「物忘れ外来」に月に一度通院していたが、困ったのは叔母がトイレに入る時だった。さすがに女性用トイレに叔父を伴うわけにはいかない。ある時、叔母がトイレに入っているあいだに叔父が出歩いてしまい、行方不明となった。叔母から知らせを受けた妻は、広い病院の中や敷地を探し回ったことがあった。それ以来、叔母は診察に来る時には長い紐でお互いを縛り、夫をトイレの外で待たしていた。長い紐で繋がれた二人を見かけた妻は憐憫の情を禁じえず、叔父が受診する時は常に病院に出向き、二人に付き添った。叔母は何の気苦労もなくトイレに行くことができ、「本当にありがたいわね、病院にいるときだけは安心してトイレに行ける」と妻に感謝していた。多くの人は「良かったわね」などと返答するが、妻ははにかみながら、無言で笑顔を見せるだけであった。他人からシャイだと思われたのは、そうした様子からだったのかもしれない。

妻はシャイではあるが、他人の視線を気にすると言われる日本の「恥の文化」とは対極の行動をとることもあった。「聞くは一時の恥、聞かぬは一生の恥」という諺がある。知らないことを恥ずかしがらず、知ったかぶりせずに素直に聞いて学ぶべきだという意味である。

妻は分からないことや理解していないことがあると、まず、自分でインターネットなどを利用し詳細に調べていた。そして、調べてもわからない事柄を専門家に聞いていた。予習してから質問するため、かなり詳しい部分まで聞くことができた。いずれにせよ、妻は「聞くこと」を厭わなかった。他方、私は「聞くこと」を躊躇していたらしい。街の中で道に迷ってしまった時、デパートで売り場を捜している時、パソコンの操作が分からない時などに、あまり人に尋ねることをしなかった。「分からないことは、もっと他人に聞くべきよ」と、妻に率直に指摘されたことがあった。その時、私は、はっと気づかされた。そうか、私の方が本質的にはシャイなのだ。知らないということを他人に知られることを恐れ、他人に尋ねることを躊躇していたのだ。さすが、妻は私の性格を見抜いていた。

私は、自分のことをかなり社交的だと思っていた。米国の留学先のラボでも気軽にスタッフに声をかけ仲間と打ち解けていたし、帰国の時はお世辞かもしれないが"I miss you"（あなたがいなくなると寂しい）などと言われた。他大学の医師と多くの共同研究も行う自分を社交的と思っていたので、妻の指摘は意外でもあった。

シャイという言葉には「人見知り、内気」あるいは「恥ずかしがり」との意味がある。内気とは、おとなしくて遠慮深いが、人前でハキハキせず、どちらかというと気の弱い性質であり、恥ずかしがり屋とは、すぐ照れる性分の人、はにかみ屋である。私のシャイは恥ずかしがりというより内気が主で、妻のシャイは内気よりも恥ずかしがりが主であったように思う。妻は照れ屋ではあったが、他人に対する思いやりの行動は一生変わることはなかった。

参考文献

『「ユマニチュード」という革命　なぜ、このケアで認知症高齢者と心が通うのか』イヴ・ジネスト、ロゼット・マレスコッティ、本田美和子著　誠文堂新光社　二〇一六年
『聖徳太子』吉村武彦著　岩波新書　二〇〇二年
『菊と刀　日本文化の型』ルース・ベネディクト著　長谷川松治訳　講談社学術文庫　二〇〇五年

## 私は基本的にアッサリした人間だから

「世の中の人が皆、（略）あっさりしていたら、この世の中も、もっと住みよくなるに違いない」

（太宰治『斜陽・パンドラの匣』「パンドラの匣」より）

私が住んでいる老人ホームには、「〜でございます」「ごめんあそばせ」と悠長に話す人もいる一方、テキパキ話す比較的若い人もいる。エレベーターで、たまたまその両方のタイプの組み合わせと一緒になったことがある。二人の会話はハーモニーと旋律を欠いた合唱のようだった。

妻はメリハリのある行動と会話をするタイプだった。筑波大学附属病院に入院中だった妻に、話し方について訊ねるつもりで「咲ちゃんはテキパキ型ですか」とメールを送ったところ、「私は基本的にアッサリした人間だから」と、話し方ではなく自分の性格についての返事をくれた。妻は物事に執着せず、あまり欲にとらわれない性格であった。太宰治が言うように、世の中の人が皆、妻のようにアッサリした性格なら、住みよくなるのかもしれないと、私はひそかに思っている。

妻には中学・高校時代が一緒だった一人の友人がいた。その友人とはフィーリングがあったらしく、高校卒業後も何十年もの間、付き合いが続いた。二人は別々の大学に進んだので、いつでも会えるわけではなかった。それでも年に数回程度は都内で会っていた。私たちは結婚して四年後に埼玉県の所沢に移ったため、友人の住む千葉県市川とはだいぶ距離があり、二人が会う機会はめっきり減ったが、毎年一度手紙でのやりとりは続けていた。

妻が亡くなった後、その友人から「年に一度の取りとめのないやり取りは、低体温同士には心地よいものでした」との手紙をいただいた。その人が自分を低体温と表現していたのは、自分から進んで活発に行動しないタイプという意味であろう。アッサリした妻と低体温の友人の交流は、妻が亡くなる直前まで約五十年間続いた。それも年に一回のたわいない、淡白な、さっぱりとした手紙での繫がりであったのが、長期間つきあいが続いた要諦だったのかもしれない。

内容については詳しく聞いていないが、「友人が仕事を辞めたそうだ」「医師であるお父さんが亡くなった」「お母さんが少し年を取り無理がきかなくなったようよ」「お姉さんが近くの薬局に勤めるようになった」など、折々の主な話題については私にも教えてくれていた。手紙が来ると、いつになく嬉しそうにニコニコとし、「今年も手紙が届いた」と報告していた。年一回の手紙による交流は、妻にとってクリスマスと正月を一緒にしたようなプレゼントだったのだろう。

「彼女の手紙の文字は丸文字なのよ」と、妻は私に教えてくれたことがある。丸文字の人は繊細なタイプで、少し消極的なところもある反面、人の気持ちを察するのが得意であるという。妻は友人の性格と文字の形が一致していると思い、友への敬愛の情を込めて私に伝えたのだと思っていた。

ところが、妻の葬儀の後に届いた手紙を見ると、私が想像していた丸文字ではなく、素晴らしく流麗な文字であった。私への手紙はよそいきの書体に変えたのだろうか？ そうであれば、妻とその友人は本当に気の置けない関係だったに違いない。

その手紙には、私たちの結婚式の際、引き出物の一つとして渡した裁縫箱を四十年間も手元に置いており、宝物のように思っていると書かれており、二人の間の深い友情を感じた。洋裁箱の引き出物は妻の発案であったのだ。

彼女は告別式にも出席してくれたが、出棺を見送らずに帰宅してしまった。「最後のお別れはしない」という二人の間の暗黙の約束があったのだろうか。それでも心の繋がりは続いていることを感じさせるような別れ方だった。

通夜のときに悼辞をいただいたので、感謝の気持ちとして、いくばくかの交通費を渡した。ところが、その友人は「国境なき医師団」に妻の名で全額寄付したのである。後日、「国境なき医師団」から妻の名前で感謝状が届いたために、そのことを知った。私は感謝状を妻の遺骨と写真の上に載せた。アッサリとした性格の妻は「しょうがないなー」と苦笑いしながらも、友人の行動を嬉しく思ったに違いない。

その年は「国境なき医師団」から二枚の感謝状が届いた。一枚は友人の寄付による妻の名義で、もう一枚は私の名義である。妻は世界中で医療・人道福祉活動を行っている国境なき医師団の奉仕活動に賛同し、以前から私の名前で寄付を行っていた。友人はそのことを知っていたのではないか。

妻の言葉や態度はそっけないので、よく知らない人には、ぶっきらぼうと捉えられたこともあっただろう。しかし、妻をよく理解し、長年付き合っていた前述の友人の手紙には、表面的な態度とは異なり、妻は優しく頼りになる誠実な人物で、且つ、ちょっとお茶目でもあったと書かれていた。その人に言わせると、妻は含羞《がんしゅう》の人であった。そのため感情を表現することが少なく、ぶっきらぼうだと思われてしまう。でも、それはアッサリとシャイさが混在する性格のせいだったのだ。

アッサリした性格の妻はあまり物事を引きずったりしなかった。反対に妻の父は、何か気に入らないことがあっても、すぐには言わず、数カ月後に思い出したように、何食わぬ顔で家族を責めることがあった。何カ月も前のことを責められても、その原因となった記憶さえ薄れている。妻にしてみれば、なぜその時言ってくれないのか、すぐに指摘してくれればいいのにという思いがあり、辛かったらしい。妻は父を反面教師として、物事を長く引きずらず、上手に解消するように心がけていた。

妻には多くの人から相談の電話が来ていた。話をよく聞くので、数時間に及ぶようなこともあった。立ったまま話し続けていることが多く、よく疲れないなと感心するほどだった。物事を引きずらない人間は、他人の話を充分に聞いていても、深読みしたり邪推したりせず、話の重要性をうまく振り分け、適度に聞き流すのが上手だという。妻が多数の人からの相談に応じることができたのは、引きずらない性格のおかげだったのだろう。

そんな性格は歌の好みにも表れていた。悲恋や心中など、日本人の情念に訴えるような演歌は好みに合わなかったようだ。旅行で旅館に泊まったとき、宴会場で中高年の男性たちが演歌を歌っているのを聞いて、ふだん感情や好き嫌いを表わさない妻が「私は演歌が苦手なのよね」と呟いていた。

しかし、妻が大好きなオペラにも、アッサリどころか、悲恋や愛する人のために自死するなど、情念たっぷりのストーリーはたくさんある。内容は似かよっていたとしても、オペラはプロの歌手が頭から足まで体のすべてを使って歌うため、なぜか情念を感じさせず、音楽性が全く違う。妻はマイクなしで声を響かせるオペラ歌手の圧倒的な歌声に惹かれたのに違いない。妻が次第に悲恋や情念を歌い上げるオペラより、民話や伝説をテーマとする、古典を題材にしたオペラに傾倒していったのは自然の流れで、それは妻が基本的にアッサリした人間だったからなのだろう。

「世の中の人が皆、（略）あっさりしていたら、この世の中も、もっと住みよくなるに違いない」と太宰治は考えていたようだが、「世の中の人が皆、妻のようにアッサリしていたら、この世の中も、もっと住みよくなるに違いない」と私は思った。

参考文献
『斜陽・パンドラの匣』太宰治著　文春文庫　二〇〇九年
『「しがみつかない」人ほどうまくいく』西多昌規著　ＰＨＰエディターズ・グループ　二〇一四年

# 原発中止と言うなら、スマホをやめるべきよ

## ガイアが怒っている

（妻の言葉）

「日本は原発を中止したほうが良いと思う」。いつもの遅い夕食の席で、私は妻に言った。二〇一一年の福島原発事故の数日後、原子炉の炉心溶融や水素爆発を次々と起こし、放射性物質が拡散したのを知った時のことである。日本中が驚愕した悲惨な状況の中、妻から「原発中止と言うなら、スマホをやめるべきよ」との意外な返事が返ってきた。

福島原発事故後、私も含め世間は原発反対の方向に向かった。元首相でさえ原発中止を声高に訴えていた。それはそうだろう、今まで原子力発電はクリーンで発電コストが安く、安全で理想的な電力供給法と言い聞かされてきた。しかし、福島原発事故により、広範囲

への放射性物質による汚染という、想定はされていたものの、考えたくもなかった被害が現実となり、原発安全神話は脆くも崩れてしまった。それとともに、いったん事故を起こすと、天文学的な費用がかかることが分かり、発電コストは決して安くないという事実も露わにされた。

福島生まれの私は日頃から「もし原発が安全なら、福島、敦賀、佐賀等の比較的人口が少ない過疎の土地ではなく、送電による電気ロスの少ない大都市の近くに原子力発電所を作るのが良い」と主張していた。「発電効率を考慮すると、水力発電は山岳地帯が良いが、火力発電所は東京や大阪などの大都市近くの海岸に建設されているではないか。原子力発電も大都市近郊ですればよい」と、東京生まれの妻に言っていたのである。妻は「それはそうだけど、補助金が出て地元は潤っているはずよ」ときまり悪そうに答えていた。原子力発電は絶対安全ではないがゆえに、比較的過疎の地に建設されたと考えるのが妥当であろう。

原発事故の後、なぜ妻は「原発中止と言うなら、スマホをやめるべきよ」と言ったのだろうか。原発の稼働を完全に止めれば、$CO_2$を排出する石炭や石油、液化天然ガスなどの化石燃料に頼ることになる。その結果、私たちに様々な災害をもたらす地球温暖化の加速が危惧される。電力不足で停電の危惧があったとき、妻は「血眼になって電力を供給するより、電力の需要を減らすため、スマホに頼るような快適な生活をなるべく控えたほうが良い。私たちの生活のレベルを下げ、不便があってもそれに耐える生活を覚悟して送るべきよ」と、私に言った。スマホ一台の電力消費はごくわずかだが、便利な生活はとかく電力を大量消費する。そんな生活を見直し、省エネに徹しなさい、というのが妻の真意だったのだろう。

福島原発事故の後、日本の原子力発電の基準が厳しくなり、多くの原子力発電所が稼働停止となった。日本の全発電量に占める割合の三〇パーセントを占めていた原子力発電は、二パーセントほどまで落ちてしまい、その代り石油や石炭などの化石燃料による発電が増加した。現在の生活レベルを維持しようとすると、化石燃料が排出する$CO_2$は増加し、地球温暖化の加速は避けられない事態になる可能性が高い。妻はそれを危惧していたのだ。

イギリスの科学者で環境保護主義者のジェームズ・ラブロックは、地球をあたかも「生きている生命体」であるかのように捉え、ギリシャ神話に登場する「母なる大地の女神」にちなんで「ガイア」とよんだ。便利さを優先する人間の生き方が、地球の自然環境を破壊し、地球そのものを汚染し、傷つけると、多くの生物種の絶滅を引き起こし、生物の多様性を失なわせる。人間に苦しめられたガイアは怒り、人間に復讐しはじめるだろうと、今から三十年以上も前にラブロックは警鐘を鳴らしていた。

確かに近年、日本では猛暑日や局所的な大雨による被害が増え、世界中の至る所で大雨による大洪水、巨大台風、熱波、干ばつ、大規模な森林火災などの悲惨な災害が毎年のように起きている。テレビや新聞でこうした光景を目にすると、妻は「ガイアが怒っているわよ」とため息をつき、真剣なまなざしで異常気象について語っていた。

人間による環境破壊と汚染、資源の乱掘と消費により、毎年千種から一万種の生物がこの地球上から姿を消している。アメリカの元副大統領で、『不都合な真実』の著者であるアル・ゴアも、著書の中で地球温暖化による瀕死の地球を描きだし、生物種の大量絶滅の危機に瀕していると警告を発した。大型台風、森林火災、大雨による被害など目につきやすい災害と異なり、生物多様性の破壊は、都会に住んでいる人たちに実感されにくい。多くの種が絶滅するスピードが加速し、きわめて深刻な事態であるにも拘わらず、私たちの注意を引くことは少ないのだ。妻は自分ができない活動を代りにやって欲しいと考え、自然が織りなす緑豊かな地球環境と生物多様性の保全を目的とした団体、WWF（World Wide Fund for Nature：世界自然保護基金）に自分の思いを託し毎年寄付をしていた。

妻は学生の頃から科学雑誌を読み解き、地球温暖化の原因や誘因を探っていた。被害者に思いを馳せ、自分は加害者であるとの認識に立った妻は、思うだけではなく、エネルギー消費の少ない生活を実行できる範囲で毎日心がけていた。

妻の微々たる活動とは異なり、地球温暖化の危機を世界に知らしめた人間もいる。グレタ・トゥーンベリは気候変動がもたらす危険性に警鐘を鳴らすため、十五歳の時に一人で学校にてストライキを始めた。その行為は広く注目を集め、多くの賛同者を得た。「温暖化は、私たちが知っているような文明を終わらせる可能性が最も高い」「あなた（大人）は私たちの未来を盗んでいる」など過激とも思われるスピーチを行い、環境保全に対する世界の人々の意識を高めた。

最近読んだ『人新世の「資本論」』の著者、斎藤幸平は、レジ袋削減のためにエコバッグなどを購入し、温暖化対策をしていると思い込むことが、良心の呵責から逃れ、現実の危機から目を背ける「免罪符」となっているのではないかと指摘する。こうした善意だけで満足し、真に必要とされるもっと大胆なアクションを起こさなくなってしまう、との懸念を示した。

その指摘ももっともだと思うが、しかし、すべての人がグレタ・トゥーンベリのような活動家になれるわけではない。プラスチック袋の代りにエコバッグを使うことでも、微々たる量ではあるが、地球温暖化の原因となる$CO_2$の削減になり、海洋のプラスチックごみの減少にも少しは役立つはずだ。

妻は「物質に溢れた生活を見直す」ことが、地球を末永く存続させる唯一の方策であると信じていた。ガイアの保全のために、エアコンは設置したものの、ほとんど使用せず、食事は簡素で、食材を余すことなく使い、必要不可欠な物品以外購入しなかった。一度購入すれば、修理できるものは自分で修理し、壊れるまで使い切った。洗濯の水は風呂の残り湯を使い、包装紙や菓子箱でさえ、可能なかぎり再利用する生活を送っていた。

妻は地球の生命共同体の一員として、ガイアに果たすべき行動規範を、身をもって実践した。

参考文献

『ガイアの復讐』ジェームズ・ラブロック著　秋元勇巳監修　竹村健一訳　中央公論新社　二〇〇六年
『不都合な真実』アル・ゴア著　枝廣淳子訳　ランダムハウス講談社　二〇〇七年
『人新世の「資本論」』斎藤幸平著　集英社新書　二〇二〇年

## 好きなことをやらせてもらい、楽しんだから

「之れを知る者は之れを好む者に如かず。之れを好む者は之れを楽しむ者に如かず」（物事を知る者より好む者、好む者より楽しむものが勝っている）

（『論語』より）

食道がんや頭蓋底腫瘍で続けざまに入院した妻は、長引く治療と持病の破壊性関節症の悪化による関節の痛みや不整脈に悩まされ、著しく体力が落ちてしまった。そんな闘病中のある日、妻はしみじみと呟いた。

「今まで、私は十分好きなことをやらせてもらったから」

ひょっとしたら自分は長く生きないかもしれないと察知したのか、私と共に生きてきた人生を振り返り、楽しみながら、好きでやってきたことを思い出していた。

その中には趣味の世界を超えていたものもあったので、紹介しておきたい。

**織物**

日本の天皇や外国の元首が集うきらびやかな宮中晩餐会《ばんさん》。そのような晩餐会などで何を着ていくべきか、ある程度の約束事（ドレスコード）があるらしい。男性の第一礼装は燕尾服であるが、女性でそれに匹敵するのが民族衣装で、日本では和服である。それほどに日本の和服（着物）は価値がある。妻がそうしたことを学んだのは、私たちが米国に留学していた時であろう。妻が本格的に織物に興味を持ちだしたのは、二十八歳の時である。一九七九年初冬の十一月、米国ニューヨーク州中央部の経済・教育の中心地シラキュース市に私が留学し、二年間滞在することになった。カナダと国境を接する五大湖からの凍てつくような風と、曇天から降り注ぐ雪。シラキュースの冬の寒さと積雪量の多さは全米でも有名で、外を歩くとまつげが凍ってしまったのには驚いた。屋内で過ごすしかない長い冬を耐え、留学先の生活にも徐々に慣れてきた頃、妻は私が病院で働いている間に何か学びたいと思ったようである。初夏になると妻一人でも外に出られるようになった。シラキュース大学の夏期講座で織物の講座があるのを知り、すぐに申し込んだ。シラキュース大学のキャンパスは、まるでヨーロッパの古城都市にタイムスリップしたかのようであった。

妻はさまざまな国の織物の歴史について学んだようだが、布を織る基本の工程は世界中どこでも変わらないと言っていた。か細い一本の糸が機織《はたお》り機を通して、魔法のように一枚の布になっていく過程に魅せられ、子供の頃から馴染みのある着物の生地を自分でも織ってみたいと思ったようだ。

帰国後、用意周到な妻は国産機織り機の販売元を調べ上げ、念願の足踏み式機織り機を購入した。届いた機織り機は、プロの職工も使用するような本格的なものだった。幅一メートル、奥行き二メートル、高さ一・二メートルほどの大きさで、普通の椅子と同じくらいの高さのところに腰かけてペダルを踏むようになっている。販売店の職人が来て組み立てた機織り機は、六畳間の半分程度の面積を占め、私はその大きさにびっくりした。部屋は機織り工房と化し、まるで民話「鶴の恩返し」を戯曲化した「夕鶴」の舞台のようである。妻はといえば、我が子を見るようにトロンとした眼差しで巨大な機織り機を見つめていた。

妻が亡くなった数年後、私は京都の平安神宮の近くで開催された学会に参加した。その際に、京都市勧業館を訪問する機会があり、京都の伝統工芸である西陣織の着物と機織り機の展示を見学した。西陣織のあでやかさと精巧な織りにも感銘を受けたが、それ以上に展示されていた機織り機は妻が使用していたものにそっくりだったことに驚いた。妻がいかに本格的な機械を使っていたかを改めて知り、その機織りに対する情熱に打たれた。

織る時には、どうしてもパタパタと音が出る。私の勉強を気遣ってか、私が家にいる時は機織りを控えていた。そのため、実際織っているところは数回しか見ていないが、妻が一心不乱に集中して取り組んでいるのが感じられた。わき目も振らず、一つのことに集中していた妻は、一切の雑念を離れ無心になっていたのだろう。織った布は、裁縫が大好きな父方の叔母に預け、着物の帯などに仕立ててもらっていた。

妻は布を織ることが出来るようになると、今度は自分で糸を染色してみたいと思い始めた。早速先生を探し出し、草木染めを始めた。小さな布地なら、それほど生糸の量も必要としないため、自宅でささやかに染めるようになった。

苔《こけ》のような暗い黄緑色が妻の好みだったが、どうしても明るい緑に染まってしまう。「この色ではないのよ。なかなか好きな色が出ないの」と、何回も何回も染め直していた。ようやく気にいった色に染まると「この色よ！　ようやく出たわよ！」と言って、苦心の作を誇らしげに見せてくれた。私は「ふーん、いい色になったね」と褒めたが、妻はもっと絶賛してほしかったようだ。染め上がった布は、化学染料の人工的な色鮮やかさとは明らかに異なり、自然の温かみのある奥ゆかしい緑であった。

草木染めという新しい楽しみを見つけた妻は、奥武蔵や奥多摩のハイキングに出かけるたびに、草木染め工房の看板を探すようになった。鷹の目のように注意深く掲示を探し当て、素早くその門をくぐった。そして、工房の主に染める技巧や染めに使う植物の材料などを詳細に尋ねていた。

蕎麦打ちの名人が蕎麦を打つだけでは満足せず、産地に移り、蕎麦を育てながら店を営む例もある。妻もまた布を織るだけでなく、糸の染色まで手を伸ばした。プロではないが、妻がプロに準じる気質を持っていることに、私は感嘆した。次は養蚕に興味を持ち、生糸まで自分で作るのではないかと心配したが、それは杞憂に終わった。

妻の祖父は上野の黒門町で手広く呉服屋を営んでいた。祖母は普段から着物で生活しており、叔母も着物が好きで裁縫を趣味としていた。おばあちゃん子だった妻は、いつも夕食が終わると離れにあった祖母の部屋に行き、色とりどりの着物を見て、その奥深い美しさと絹の感触に惹かれていたという。

妻が織物を始めるようになってからの話になるが、叔母のところには呉服屋がよく出入りしており、「着物を買ったけど高かったわよ。〇百万円よ、でも趣味がこれしかないからしょうがないわよね」と妻に電話で報告していた。「また買ったの？　おばさん」と、気の置けない着物好きの二人の会話が延々と数時間も続いた。妻は「帯は私が織ったものを使ってね」と付け加えていた。

妻がフォーマルな機会で着るのは、叔母や祖母の影響もあったのか、ほぼ和服であった。いとこや私の弟の結婚式、教授就任式や退任祝賀会、私が学会を主催した時の懇親会などではいつも色無地の着物を着て出席していた。色は薄い青やモスグリーンが好みで、派手さがなく落ちついた色合いが妻の性格を表していた。

妻が着物や帯を買う時は、あっちこっちの呉服屋を回ってウインドーショッピングをしたり、品定めするようなことはなかった。何十年か前に丹後地方を旅行したときに入った丹後ちりめんの卸販売店が気に入り、その後ずっとそこから購入している。機織り機と同様に、妻は最も気に入ったものを見つけると、もう他に気をとられることがなかった。

## お香

銀座五丁目にある鳩居堂は一六六三年に京都で創業し、香・書画用品・和紙製品を取り扱う、老舗の専門店である。銀座の鳩居堂前の土地は地価が日本で一番高いことでもしられている。結婚して間もないころ、銀座に行くと妻は必ず鳩居堂に寄った。

妻は和紙素材の便せん、封筒や葉書を、いつも買いたそうな顔で見ていた。当時は私がまだ大学院在学中で、生計を病院での当直のアルバイト料だけで賄っていたため、妻は見るだけで、高そうな文房具を買うことはなかった。

店頭には、和紙の小物や友禅染で作った友禅紙などと共に、お香も置いてあった。妻はこの時から伝統的な和の香り、お香に惹かれたようだ。購入はしなかったが「良い匂いね」と楽しんでいた。

それから約四十年後、私は母校の内科学の主任教授に就任した。仕事上のストレスが高いのを心配した妻は、寝室にお香を焚いてくれるようになった。お香には鎮静効果があるらしい。その香りをかぐことで心地よさをもたらさせ、エンドルフィンなどの脳内物質が分泌されるという。また癒しの効果もあり、脳波もリラックスを示すアルファ波が優位となる。お香のおかげで、ふだん寝つきの悪い私も、床に入り目を閉じると自然に深い眠りに落ちることが出来るようになった。

しばらくして、買ってきたお香ではもの足りなかったのか、妻は自分でも作ってみようと思いついた。渋谷の教室に通い、自分オリジナルの練香《ねりこう》を作り始めたのだ。さまざまな天然香料を練り合わせ、それを型に入れて固め、型抜きし、丸めたのが練香である。『源氏物語』に出ているように、平安時代は練香が主体であった。練香は、香炉や銀葉《ぎんよう》などで間接的に温めて香りを立てる。

同じような工程で作る印香のほうは、火を点けずに香を楽しむことができるので、就寝直前に部屋に置いても安心なことがわかった。妻はお香作りを楽しみながら、私に安全で深い睡眠を与えてくれたのである。

三十年ぶりに東京に戻った私たちは、銀座を訪れた際に、鳩居堂にまた立ち寄るようになった。しかし、相変わらず妻は何も買わなかった。すでにお香は自分で作り、和紙の便せんは、インターネットのメールに置き換わっていたからだ。

## 音楽

妻の芸術に対する興味は、幅広くかつ深かった。生涯にわたる芸術愛好家でもあった。小学校のときから、ピアノやバイオリンを学んでいた。しかし、十歳代後半から父親譲りの原因不明の関節炎に悩まされ、楽器などを弾くことは困難を伴った。そのため目覚ましい上達とまではいかなかったが、小学校の時から触れた音楽が、妻の芸術に対する感受性を高める契機となった。

ピアノやバイオリンを学んだせいか、そうした楽器の原点となる、いわゆる古楽器に興味を持つようになる。妻の母校、東京大学には、東京大学教養学部オルガン委員会など古楽器を演奏する活動があり、定期演奏会も開催されていた。妻はこの演奏会で古楽器に触れ、「芸の虫」ならず「学問の虫」が触発された。

妻は古楽器の一つ、ビオラ・ダ・ガンバに興味を持った。「ビオラ・ダ・ガンバ」とは

「脚のビオラ」という意味である。弦をこすって音を出す楽器、擦弦楽器の一つで、バイオリン属のバイオリン、ビオラ、チェロよりやや歴史が古い。脚で楽器を支えるために「脚のビオラ」であり、バイオリン属の「腕のビオラ」とは異なる。音が小さいので、もっぱら宮廷や上流階級の屋敷で催される室内楽や教会音楽などに用いられた。市民階級の台頭にともない、大規模な会場における演奏が一般的になり、笛の一種のリコーダー、琵琶のようなリュート、ピアノに似ているチェンバロ等とともに次第に演奏されなくなった。

ビオラ・ダ・ガンバの弦は、ヒツジの腸を使うので、他の弦楽器のような力強さはない。コントラバスは太くて、低い音を出す。妻はキンキラした華やかな音より、いつも柔らかな音に魅かれていた。妻は時々古楽器の演奏会に私を伴い、その柔らかな音を楽しみ、普段は見られない満足そうな顔をしていた。

中国の伝統的な弦楽器「二胡」はやわらかい独特の音色を出し、人間の声に最も近い楽器といわれている。二胡の音域は女性の最低音域のアルトである。それらは妻の好みの音とまさに合致した。妻はラジオで二胡の演奏を聴いた後、早速CDを購入し二胡の演奏を自宅で自由な時間があるときに楽しんでいた。それだけでは飽き足らず、後日知ったことだが、二胡の演奏会まで足を運んでいた。二胡の歴史や演奏家などについての妻の知識は、二胡の演奏を習っている友人が舌を巻くほど、広く深かった。

中低音の音色をだすチェロは、妻が最も好きな楽器だった。低音の音は気分を落ち着かせ、癒し、心地よいリラックスした気分にさせる。ストレスを抑える音でもある。また、チェロは音域が二胡と似ているのか、人間に近いため、オペラの歌を聴いているような心地よさを感じさせ、力強く、そして優雅な音色を奏でる。

私の仕事の手伝いでストレスを感じた時には、ヨーヨー・マが演奏するチェロを聴き、私に「ヨーヨー・マは素晴らしいわよ」とよく言っていた。妻は、もっと専門的な表現で説明してくれたが、音楽音痴の私は「素晴らしい」としか記憶に残っていなかった。いろいろな適切な表現があるのだろうが、そのような表現がいらないほど素晴らしかったに違いない。

ヨーヨー・マは二〇一一年、スマートフォンを世に送り出したと評されるアップルのCEOだったスティーブ・ジョブズの追悼式が行われたとき、バッハの無伴奏チェロ組曲を演奏したことで有名である。妻は、それ以前より彼の繊細でかつダイナミックな音色を愛好していた。私も妻の葬儀の際、バッハの無伴奏チェロ組曲一番を流し追悼した。

チェロより低音を出すのがコントラバスである。コントラバスの大きさは人の背丈ほどあり、オーケストラなどで最低声部を受け持つ弦楽器である。低音すぎてメロディーを演奏する機会はなく、アンサンブルを支えるという、縁の下の力持ちという役目を担っている。妻はこの低音に魅かれ、コントラバスだけの演奏会は他の弦楽器に比べ非常に少ないが、演奏会を見つけ、私を連れて行った。NHK交響楽団のコントラバス演奏者四人が集まった演奏会であった。終了後、私が「出演者のユーモアある話術と演奏が良かった」と言ったところ、妻はユーモアより、演奏に感動してほしかったようだが、「そうでしょう」と言って悦に入っていた。

妻は古楽器から低重音のコントラバスまで、人間の声に近い楽器を好んだ。その点で、妻が最も愛した音楽は、体自体が楽器であるオペラであろう。

## 水泳

私たちが千葉ニュータウンに住んでいた時、駅前にはオフィスビルが建設される予定であった。ところが、ニュータウンの開発は日本経済の成長の鈍化と共に計画通りには進まず、商業施設に用途の転換がなされた。

完成した商業施設には当時、関東最大級のモールが開業し、スポーツクラブもオープンした。私たちはスポーツクラブの会員になり、夕食後や週末に利用した。私はランニングマシーンと筋トレに集中していたが、関節痛には水の中が良いということで妻はプールを使い始め、熱心に水中ウォーキングに励んでいた。関節痛にはよかったようだ。

二〇〇七年、東京に戻り、文京区弥生に住むことになった。妻はJRが運営する上野のスポーツクラブに入会し、平日の午後は、ほぼ毎日通うようになった。そこのプールにはジャグジーやサウナなどの楽しみもあるため、遠くから定期券を使って通う年配の女性たちもいた。クラブに来るのがあたかも仕事のようで、羨ましい限りである。長時間プールを利用するので、自然に親しくなり、妻はその人たちの体の不調やお嫁さんに対する愚痴、孫や趣味についての自慢話を根気よく聞いていた。そのうちに水泳もしていた彼女たちから、ウォーキング専門だった妻は全身運動となる水泳を勧められた。その勧めに従った妻は、水泳のおかげで「腕の関節痛が少し和らいだわ」と喜んでいた。

次の年の二〇〇八年北京オリンピックで北島康介は一〇〇メートルと二〇〇メートル平泳ぎでオリンピック二大会連続金メダルを取り、日本中が沸き返った。それも妻には刺激となったのであろう。

妻は水泳コーチに教わりながらクロールから練習し始めた。腕や足の動かし方、息つぎを教わると、水の中で体が前進するので、楽しくなったようだ。体力のない妻でも次第に泳ぐ距離が長くなり、二五メートルを泳ぎ切ることが出来るようになった。続いて背泳ぎ、平泳ぎをマスターし、バタフライに進んだ。しかし、バタフライは腕の力が必要なので、腕がか細く筋力のない妻は、なかなか前に進まなかったようだ。「私は力が無いのでバタフライが苦手なのよ」と悔しがっていた。

二〇一一年の東日本大震災によって、福島のスパリゾートハワイアンズも壊滅的な被害を受け、休業の憂き目にあった。その一年後にフルオープンに漕ぎ着けたというニュースを知った私たちは、復興の支援になるだろうと考え、スパリゾートハワイアンズに行って泊まることにした。渋谷から無料バスに乗ったが、同じような考えの人たちが二〜三組乗っていた。バスが福島県に入ると、高速道路から見る風景は突然、閑散としたものとなり、地震とそれにともなう原発事故の影響を感じさせた。

週末にも拘らずホテルの客はまばらで、ひっそり静まり返っていた。このような中でも、宿泊に来たことは少しでもスパリゾートハワイアンズの復興の手助けになったのではないかと感じ、私たちは「来て良かったね」と言い合った。帰りには、二人とも両手で持てないほどのお土産を買い、少しでも地元の復興の役に立てばと考えた。

私は趣向を凝らした温泉に入ったり、妻は人がほとんどいないプールでゆっくり泳ぐことを楽しんだ。妻は見事な泳ぎを披露し、私はその上達に舌を巻いた。妻の趣味は、好きで楽しんでいたがゆえに、熟達も早かったようだ。

参考文献

『論語』齋藤孝訳　ちくま文庫　二〇一六年
『世界に通用する公式マナー　プロトコールとは何か』寺西千代子著　文春新書　二〇一六年

# 妻とオペラ　Ⅰ

## 体全体が楽器

「オペラは頭から足、血まで全身が楽器です」と、六十一歳という若さで亡くなった日本を代表する歌姫の佐藤しのぶが、あるテレビ番組（NHK「あの人に会いたい」）で力を込めて語っていた。オペラは声帯を楽器として奏でていると私は思っていたが、体のすべてが楽器であるという。妻があんなにもオペラに魅了され、心を奪われた理由の一部はそれだったのだろうか。

妻がオペラの愛好者になったのは、いつ頃からなのだろう。もしかしたら、私たちが結婚する前からだったのかもしれない。それを確かめるために、中学生の頃からの親友に尋ねたが、妻からオペラについて聞かされた記憶はない、とのことだった。

私たちが結婚して四年後の一九七九年、ニューヨーク州シラキュースに留学することになり、夫婦で渡米した。そのとき、モーツァルト作曲のオペラ「ドン・ジョバンニ」を一緒に聴きに行った。シラキュース市は人口十七万人程度の小さな街だったが、シラキュース大やニューヨーク州立大学の医学部などがあり、教育の中心地であった。そのためか、オペラやニューヨーク・フィルハーモニー交響楽団の演奏などを鑑賞できるコンサートホールがあった。私たちは米国の経済的豊かさばかりでなく、芸術や文化を大切にする風土に感銘を受けた。

このとき妻は初めて生でオペラを聴いたのだった。オペラ「ドン・ジョバンニ」は通俗的な内容ではあるが、歌手たちの美声に圧倒され、魂が揺さぶられたようだ。その内容は通俗的であったとしても、オペラは彼女の心の琴線に触れた。それまで学生時代の友人と一緒に愛好してきたクラシック音楽、バレエ、能の鑑賞により育まれた感性が、歌劇であるオペラをすんなり受け入れたのである。

オペラは歌い手の肉声だけで人を感動させる。冒頭に引用した佐籐しのぶの言葉のように、歌い手の全身が楽器であることに妻は心惹かれた。オペラの音楽は、独唱、合唱、管弦楽などにより構成され、これらの音楽的要素のほかに、文学的要素（台本、歌詞など）はもとより、美術的要素（装置、衣装、照明など）、時に挿入されるバレエなどの舞踊的要素、そして演劇的要素（演出、演技など）が加わり、オペラは総合芸術としての魅力を有し、多くの人を魅了している。オペラを総合芸術と呼んだのは「楽劇王」と呼ばれたワーグナーらしい。当時の私はクラシックファンであったが、オペラは縁遠く、有名なオペラ作曲家のワーグナーさえ知らなかった。シラキュースでの観劇の後、妻はオペラに傾倒していった。

米国から帰国して四年後の一九八五年に、私はイタリア・ミラノで開催された国際カンファランスに出席することになった。それまで妻は、国内でも留学した米国でも、私の足手まといになるのではないかと遠慮して、学会に同行したいと希望したことがなかった。しかし、その時は珍しいことに「私もミラノに行きたい」と遠慮がちに言ってきた。

妻の目的はミラノ・スカラ座であった。オペラは一六〇〇年代の初頭、イタリアで生まれ、何世紀もの間、イタリア・オペラこそ正統派であった。そのオペラが上演される最高峰の劇場がミラノ・スカラ座である。妻は念願のミラノ・スカラ座に、私と共に行きたかったのだ。

学会が開催されたのは、生憎シーズンではなかったので、オペラの公演は催されていなかった。しかし、私たちは一七七八年に開業し一九〇七年に改修された、世界で最も有名なオペラハウスの最上階にあるガレリア席（天井桟敷とも呼ばれる）に入ることができた。ガレリアへは通常の正面入り口でなく、建物横の別のドアからしか入れない。ガレリア席からは立ったままでないと舞台を見られなかった。ガレリア席とは立見席のことで、あまり裕福ではないが、目と耳の肥えた熱烈なオペラファンが、連日通ってきてオペラを楽しむ。耳の肥えた地元常連客の評価は厳しく、充分な歌唱でないと、不満のブーイングが出るという。日本ではサッカー場や野球場でブーイングを聴くことはあるが、オペラの公演で聴くことはない。日本の芸術愛好家は紳士・淑女で、声を出すのを、はしたないと思っているのか。そういえば、称賛する際の「ブラボー」を聴くことも稀である。

公演中ではなかったが、最上階から見下ろす劇場は、まさに別世界の空間であった。数階にわたるバルコニー席は、ボックス型の部屋に分けられており、高貴で裕福なミラノ市民がそこからオペラを楽しんだ。バルコニー席を所有する市民は、自分のボックスに赤を基調とする絢爛豪華な装飾を施した。

いつもは自分の希望を口に出すことをためらう妻が、念願のミラノ・スカラ座を訪問した。残念ながらそこでオペラを楽しむことはなかったが、心は満ち足りていたはずだ。頭の中ではきっと、自分の好みの演目が上演されていたに違いなかった。

劇場見学の後、ミラノ・スカラ座のシアターショップに行き、スカラ座で公演したオペラのビデオテープを一〜二本ほど早速購入した。値段は一本三万五千イタリアリラ、日本円に換算すると四千円程度。少し高かったが、妻にとって値段は問題ではなかった。帰国後、妻は私が日中に大学病院で勤務している間、このビデオを何百回も観て、オペラを大いに楽しんでいた。

オペラ歌手の花形といえば、女性ならば高音のソプラノ、男性ならばテノールである。妻は、パヴァロッティ、ドミンゴ、カレーラスの、いわゆる三大テノールの歌をよく聞いていた。特にパヴァロッティの大ファンで、ミラノ・スカラ座で購入したビデオをはじめ、彼の出演するラジオやテレビ番組を録音・録画し、時間を見つけては鑑賞していた。

二〇〇七年に彼がすい臓がんで亡くなった時、「三大テノールの中でパヴァロッティだけが亡くなって、寂しいわね」と、自分の父と同じ病気で、ほぼ同じ七十一歳という年齢で亡くなったパヴァロッティを心から悼《いた》んでいた。

当初、妻はパヴァロッティのように華やかなテノールに惹かれていたが、次第に温かみと力強さを持つ、低音域のバリトンを好むようになった。女性のソプラノ歌手でも、もっとも「太い」とされる声質のドラマチックソプラノを好んだ。ドラマチックソプラノは声の豊麗さに加えて力強さを兼ね備え、文字通り激しい情感をドラマチックに歌い上げる。また、幅広く豊かな音色と響きのあるメゾソプラノも好きだった。その一方で、モーツァルトのオペラ「魔笛」の中で歌われる「夜の女王のアリア」は、ソプラノ歌手が速いフレーズの中に装飾を施し、軽快に華麗にコロコロと転がすように歌う技巧的なコロラトゥーラで有名だが、妻は「コロラトゥーラはあまり好きではない」という。

妻に限らず多くの人は低音に心を奪われるものらしい。私たちが胎内にいる時、高音がカットされた母親の心臓の鼓動を聞いて成長するからだろうか。とはいえ、オペラの低音域を好むところに、妻の性格が良く反映されていた。比較的低い振動数の音の方が脳に深く入りこみ、心に安らぎをもたらしたのだろう。沈思黙考型の妻には、低音域がよく似合っていた。

妻は次第に、イタリア・オペラよりドイツ・オペラを好むようになった。特にワーグナーの作品に心が揺さぶられたようだ。男女の愛を歌い上げるイタリア・オペラと異なり、ワーグナーのオペラは北ヨーロッパの神話などを主題とし、音楽と演劇を一本化した「楽劇」とも呼ばれている。そして、「蝶々夫人」の「ある晴れた日に」のようにソプラノが歌うアリア（独唱）を偏重するのではなく、ドラマチックソプラノやメゾソプラノが主演となるオペラが多い。この点でも妻は、ワーグナーの方が好みだったのだろう。「ワグネリアン」という言葉があるように、世界中に熱狂的なワーグナーの信奉者たちが存在する。

ワーグナーは自分の作曲したオペラを上演するための劇場を、ドイツ、バイエルン州の小都市バイロイトに作った。彼は、舞台の下で演奏するオーケストラボックスを作り、壮大なオーケストラの音の中でオペラを演じることを強要した。なんという大胆な作曲家であろうか。楽劇だけを演目とするバイロイト音楽祭が、毎年夏になると開催される。もちろん妻もバイロイト音楽祭に行きたがっていた。しかし、仕事に追われてあまり乗り気でない私を見ながら、「バイロイト音楽祭に行くのは、夢のまた夢よね」とため息をついていた。実際、私がようやく定年になった時には、妻は今まで蓄積された疲労が噴出し、次から次へと病気に罹ってしまった。妻の夢は叶わなかったのだが、もう少し長生きをしてくれたら、一緒に行けたかもしれなかった。そう思うと、今になって無念さがこみ上げてくるのである。

参考文献

『佐藤しのぶ　出逢いのハーモニー』佐藤しのぶ著　東京書籍　二〇〇三年
『大作曲家たちの履歴書』三枝成彰著　中央公論社　一九九七年

# 妻とオペラⅡ

## 観客に迎合した作曲をするのではなく、自分の心の中で創作したい曲をつくる

「もっとも世界的な芸術はオペラでしょう」「一九世紀は、オペラハウスを持つことが、国の一番の誇りでした」。日本をこよなく愛し、日本文化を世界に紹介し、その功績により文化勲章を受章したドナルド・キーンの言葉である。国の誇りと考えられていたオペラハウス（歌劇場）は、日本にも新国立劇場をはじめいくつか建設されているが、大規模会場での本格的なオペラ上演の回数は年間三百八十回で少ない。ドイツはオペラの本場とは言え、面積が同じで人口が日本の七割程度である。しかし、なんとオペラハウスを八十以上も持っており、年間の上演回数は七千から八千である。

キーンは「同じオペラを何回観ても、いつも新しい発見と感動があります。それが本物

の芸術の証だと思います、オペラは文学の一種でもあり、文化でもあります」と述べている。同じものを観ると飽きてしまうことが多いが、何回観ても新しい感動があり、飽きさせないのが本物の芸術であるとの指摘は慧眼といえる。

キーンが十六歳で飛び入学したコロンビア大学は、ニューヨーク、マンハッタンのセントラルパーク西側に位置し、世界最大級かつアメリカ随一のオペラハウスであるメトロポリタン歌劇場（通称メト）にも近かった。キーンはメトロポリタン歌劇場の天井桟敷の定期会員に始まり、日本に帰化して亡くなるまでの八十年近く、日常的にオペラを楽しんでいた。

メトロポリタン歌劇場はハイビジョンによるオペラのライブ中継を、世界各国の映画館で同時に観ることができるライブビューイング（メト・ライブビューイング）を、二〇〇六年から始めた。日本でも数週間遅れになるが、メト・ライブビューイングにより、あたかもメトロポリタン歌劇場にいるような臨場感をもって鑑賞することが出来るようになった。

最近、メト・ライブビューイングは民間衛星放送WOWOWで有料放送されるようになった。私の知り合いの夫婦はDVDに録画し、自宅でオペラを楽しんでいる。時代はさかのぼるが、妻もラジオやテレビで放映されたオペラ放送をCDに記録して音楽を享受していたのを思い出す。CDは音だけなので、家事などを行いながら聴くことができる。実際にオペラハウスに行くことはかなわなくとも、オペラの音楽は自然に妻の身体の中に溶け込んでいったように思える。

妻とドナルド・キーンは年齢も約三十歳違い、育ちもまったく異なるが、オペラに関して共通したものがあった。一つ目は、メト・ライブビューイングでオペラを楽しんでいたこと。二つ目は、ともにオペラを本物の芸術と見做《みな》していたことであった。

私たちが千葉から東京に戻ると、妻はしばしば新宿ピカデリーで上映された臨場感あるメト・ライブビューイングを楽しんでいた。私と観に行きたかったようだが、平日は私の帰宅が遅く、週末は一緒に山に行くことが多かったので、妻にとっては叶わぬ願望だった。

ある日曜日、雨が降っていたので、妻と私は新宿ピカデリーに出かけ、メトのライブビューイングを初めて一緒に鑑賞した。そのとき上演されたオペラはチャイコフスキー作曲「エフゲニー・オネーギン」だった。オペラの素晴らしさがまだよくわからなかった私は、決闘という活劇はあったものの、基本的には恋の物語であったので、少し飽きを感じ目を閉じてウトウトしていた。妻は、時々ちらっと横を向き、オペラ初心者の私が退屈そうか否かを心配そうに確認していた。休憩時間に「この主役の歌手ネトレプコは、今、旬のソプラノ歌手よ」「指揮者のゲルギエフに見初められ、その後訓練を受けてメキメキ上達したの」など、あれこれと説明をしてくれた。妻は、指揮棒を使わず十本の指でしなやかに指揮するゲルギエフの、静かなファンであった。後日、ネトレプコは世界最高峰の歌姫と呼ばれ、高い名声を得た。

妻はまた、ロシア出身のバリトン歌手であるホヴォロストフスキーの大ファンでもあった。筋肉質の堂々たる体格、プラチナブロンドの髪、端正な顔立ちで、オペラ歌手の中でも目立った存在であり、その歌唱力と合わせてオペラ界のトップスターの一人であった。妻も他の女性と同じく、眉目秀麗な男性を贔屓《ひいき》にしていたが、ホヴォロストフスキーは容姿端麗であったばかりでなく、妻の好んだ力強さと温かみがあるバリトン歌手だったのだ。彼の当たり役はチャイコフスキーのオペラ「エフゲニー・オネーギン」のオネーギン役であり、それは私が妻と一緒に初めてメト・ライブビューイングを観たときの演目だった。彼は妻の亡くなった二年後、脳腫瘍のため五十五歳の若さで他界した。バレエのヌレエフも五十四歳で亡くなった。妻がファンだった多くの芸術家が早世している。妻は短い一生を燃やし尽くすように演じる人間を見いだすという、天賦の才能を持っていたということだろうか。私は妻の早世と、愛したアーティストの薄命を重ねずにはいられなかった。

「エフゲニー・オネーギン」を作曲したチャイコフスキーは非常に繊細な性格で、二度の恋愛の破局と離婚を経験した。「エフゲニー・オネーギン」は恋の破局の物語であるが、チャイコフスキーは作品の中に自分自身を溶かし込み、言いようもない喜びに打ち震えながら作曲したと『プーシキンとロシア・オペラ』に記されている。

ロシアの文豪トルストイとチャイコフスキーとは、このオペラの作曲の半年ほど前から交流があり、トルストイはチャイコフスキーに、創作にあたっては観客に迎合した作曲をするのではなく、自分の心の中で創作したい曲をつくるようにと激励した。このアドバイスにチャイコフスキーは大いに感化された。百年も残るような作品とはそういうものだろう。音楽、バレエ、絵画などの芸術のみならず、小説などの文学も然りである。人の価値判断や評価は時代時代により移ろいやすい。それらに耐えたもののみに、永続性という息吹が与えられるのであろう。

妻はキーンと同様にオペラこそ本物の芸術と考えていた。二〇一二年の春、久しぶりに生のオペラを聴きに行こうと、初台の新国立劇場で上演されるワーグナーのオペラ「さまよえるオランダ人」の切符を購入した。ところがその三日前に妻は不整脈発作を起こし、体調不良のため入院。待望していた公演に行くことが出来なくなった。妻の体調を案じていた私は「私だけがオペラを聴きに行くことは出来ないので、新国立劇場に行くのを止める」と言った。ところが妻は、甥と一緒にオペラを鑑賞するようにと言い出したのだ。妻は私の甥が、ＡＫＢ48に夢中になっていることを知っていた。

当時、アイドルグループＡＫＢ48は若者のあいだでは大人気であった。ＡＫＢ48の素人っぽさが魅力でもあったのだろう。エンターテインメントとしては超一流であった。しかし、妻は甥に本物の芸術を観て欲しいと願い、新国立劇場のオペラの切符を譲ろうと考えたのだ。私は甥にその意図を切々と伝えた。公演の日、妻の気持ちを汲んだ甥と私は、新国立劇場に向かった。

ほとんど日本の女性のアイドルグループAKB48の音楽しか聴いていなかったであろう甥は、オペラ観劇が初めてであった。もちろん「さまよえるオランダ人」とAKB48では、相当に隔たりがある。一応ストーリーは理解したようだが、心に準備がなく、聴きなれない音楽をすんなり受けいれたわけではなかった。ドナルド・キーンに言わせると、初めて食べる料理は意外なもので、その味が美味しいか美味しくないかは即座には分からないところがある。最初は違和感があっても、徐々にその味に慣れてきて、終いには無くてはならないものになることが往々にある。音楽もそのようである、という。観劇後、妻の切なる願いをかなえるため、再度オペラを聴きに行くことを、甥と私は約束した。

新国立劇場には、世界に通用するプロのオペラ歌手を目指す若い声楽家たちを育成するためのオペラ研修所がある。妻と私の母が遺した浄財で、若手オペラ歌手が世界で活躍できるよう、また、世界のオペラ劇場が彼らの舞台となるように、二〇二三年「水野咲子オペラ歌手奨励金制度」を設立した。

「さまよえるオランダ人」のチケットを甥に譲った後、妻は病状の悪化により新国立劇場に出向き、大好きなオペラを聴くことは一度もなかった。新国立劇場を訪ねることは叶わなくとも、妻の魂は常にオペラと共にあり、静かに音楽を楽しむだけでなく、日本のオペラ歌手が世界で飛翔することを願っているに違いない。


参考文献

『日本のオペラ年鑑２０１９』石田麻子など編　学校法人東成学園（昭和音楽大学）

『プーシキンとロシア・オペラ』田辺佐保子著　未知谷　二〇〇三年

『ドナルド・キーンのオペラへようこそ！　われらが人生の歓び』ドナルド・キーン著　文藝春秋　二〇一九年

## 一流のものに触れる

「最高のものに包まれていれば、自分で的確に判断する尺度が養われる」
（鎌田浩毅『座右の古典　今すぐ使える50冊』より）

漫画から漫画の勉強をするのはやめなさい。いい映画を観ろ、いい音楽を聞け、いい芝居を見ろ、いい本を読め。そして、それから自分の世界を作れと、『鉄腕アトム』や『ブラックジャック』『火の鳥』などの名作を続々と世に出したマンガの神様、手塚治虫は著書でいっている。漫画家を志望する青年たちへ、含蓄のある、また理にかなったメッセージでもある。

私が医学生の頃、患者を診断する臨床講義の中で、「世界の一流の医師と交流するには、クラシックなどの芸術や文学を学んでおきなさい」と説く循環器の教授がいた。医学とは直接関係のないことではあったが、私は卒業後、迷わずその教授の門を叩いた。

　妻は、私の甥や従弟の子供たちに「一流のものに触れなさい」と折に触れ話していた。『若きウェルテルの悩み』や『ファウスト』を書いたドイツの詩人でもあり、作家、政治家、科学者でもあったゲーテも「一流のものに触れなさい」と言っていた。鎌田浩毅の著書『座右の古典』に、ゲーテは最高のものに包まれていれば、自分で的確に判断する尺度が養われると考え、彼と交流があった作家のエッカーマンに一流の絵画や音楽を触れさせたばかりか、自らの華麗な人脈を使い、一流の人に会わせたとある。その成果として、それほど文学の才能に恵まれていなかったと評されるエッカーマンだが、『ゲーテとの対話』という名作を残した。

　妻は「一流の人間になるには、専門分野の技術や知識の他に、クラッシックやオペラなどの音楽、古典などの文学、絵画などの美術に精通しておくべきなのよ」とよく言っていた。そして、女性のアイドルグループに夢中だった甥に、オペラやクラッシック音楽を聴きに行くように勧めたのである。

　甥は、ＡＫＢ48を身近で身の丈に合ったスターと感じていた。歌や演技を披露するアイドルに直接会って、友達のように握手ができる、また、ファンによる人気投票で選抜メンバーやセンターを決めるという方式は、自分がアイドルグループを育てているような幻想を抱くようになるのだろう。しかし、アイドルグループでの活動はずっと続くものではなく、大多数は、その後、俳優、モデル、テレビタレントなど別の道に進んでいく。

このようなことを知っていた妻は、血の滲むような厳しい練習を耐えた末に演じるオペラやバレエと比べ、アイドルグループの歌や演技は一流のものではないとシビアな判断をしていた。妻は「甥に一流のものに触れさせたい」と私に言っていた。

妻は若い頃より、オペラやバレエの熱烈なファンでもあり、学校の勉強の間にも心のゆとりとして芸術に親しむことを大切にしていた。オペラ歌手の何オクターブにわたる生の声を聴いたり、身体を極限まで使って優雅に舞うバレエダンサーに魂が揺さぶられたり、妻は次第に、それらの分野の一流の芸術家について勉強するようになり、自分も一流にふさわしい人間になろうと努力し始めたのだろう。

一流のものに触れるというと、多くの人は一流のレストランでの食事、一流のホテルでの宿泊などをよく勧める。洗練されたサービス、極上の空間、絶品の料理などは、生きてゆくうえでの余裕を与えてくれる。しかし、妻の場合は、食事やホテルなどには興味がなく、どういうわけかまるで視線を向けなかった。妻が興味を持ったのは、オペラ、バレエ、能、歌舞伎など、長い時間の流れに耐え残ったものと、建築だった。妻はコンクリート打放しと光をコンセプトとする安藤忠雄と、木材などの自然素材を使う「環境に溶け込む建築」が特徴的な隈研吾の建築物に彼らの若いうちから着目し、彼らの建築物に触れて「日本にも素晴らしい建築家がいるのよ」と私に教えてくれた。後日この二人は日本を代表する建築家になり、私は妻の審美眼の鋭さには舌を巻いた。そういえば、義父が室内工作を行っていた影響か、妻は建築家を目指した時もあったことを思いだした。安藤忠雄は住吉の長屋、表参道ヒルズ、水の教会、光の教会などが代表作であり、新国立競技場は隈研吾の作品である。

バレエやオペラに傾倒すると、それらを演じた歌手やダンサーにも関心を寄せるものである。妻もその一人で、妻が友人に送ったメールの中にも出演者の名前が頻繁に記されていた。例えばバレエに関して、親しくしている隣家の一人娘のバレエ留学が決まったのを知らされ、「バレエ留学素敵ですね!!　どちらの学校に入られるのですか？　ヨーロッパですか？　アメリカですか？　私はバレエが好きで、特にワシリエフとマクシモワのファンでした。最後の頃ですが、ヌレエフもニューヨークのメトロポリタン劇場で観ました。ドンも良かったし、ワシリエフ以外は皆亡くなってしまって、つくづく歳を感じます。でも、森下洋子は六十歳過ぎてもまだ踊っているのですね。凄いわ！　主人が知人の結婚披露宴で踊るのを見かけたなんて言ってました」とお祝いのメールを送っていた。妻もそろそろ六十歳の還暦に近かった時で、自分より上の年代のバレリーナである、森下洋子が現役として活躍していたことに、よほどエネルギーをもらったに違いない。妻が「凄いわ」と言うことは稀だった。いつもは「結婚式どうだったの」と聞かれても私は「まあまあ」とあいまいな返事をすることが多かったが、このメールを読んだ時、バレエが好きだった妻に森下洋子について話をして良かったと思った。

このメールにも多くのバレエダンサーの名前が載っている。恥ずかしながら、私は留学中にニューヨークで妻と一緒に観たルドルフ・ヌレエフの名前しか知らず、それ以外は異星人の名前かと思った。「えー、あなた、○○も知らないの！」と妻に言われそうである。

ルドルフ・ヌレエフはキーロフ・バレエ（現マリインスキー・バレエ）のパリ公演の際に西側に亡命し、その後の世界のバレエ史を塗り替えた世紀の天才舞踊家であったが、五十四歳で亡くなった。ドンとはアルゼンチン生まれのダンサー、ジョルジュ・ドンのことで、モーリス・ベジャールの振り付けた「ボレロ」が代表作である。彼も四十五歳で亡くなる。天才たちは早逝し、惜しまれることが多い。

エカテリーナ・マクシモワはモスクワのボリショイ・バレエのプリマドンナであった。妻は容姿端麗の男性のバレエダンサーだけが好みと思っていたが、素晴らしい演技をする限り、男性も女性もなく、公平な目で見ていたようだ。一方、女性だからと言って、甘い点数をつけることはなかった。妻は、ダンサーたちの死去を気に留めるくらい、バレエにも傾倒していた。

妻はまた、そのようなダンサーやオペラ歌手たちが、人並みはずれた努力をしなければ一流に到達できないことを知っていた。甥にもそのような人間になって欲しいと願い、隣家の娘にも一流のバレリーナになることを期待していたのだろう。

参考文献

『手塚治虫　壁を超える言葉』手塚治虫、松谷孝征著　かんき出版　二〇一四年
『座右の古典　今すぐ使える50冊』鎌田浩毅著　ちくま文庫　二〇一八年
『ゲーテとの対話』エッカーマン著　山下肇訳　岩波文庫　二〇一三年

# 花を育てること

「なぜ花は優しいのでしょう。見る人を慰めて、何も見返りを求めない」

（美輪明宏『花言葉』より）

今の若い人にとって長屋という言葉は死語に近いであろう。下町の狭い路地に面して建てられた細長い木造の住宅のことで、私が今住んでいる中央区月島にある老人ホームのすぐ隣に、戦災を免れた長屋形式の二階建ての家屋が碁盤の目のように整然と並んでいる。庭といえるほどのスペースはなく、それぞれが自宅の前の掃き清められた路地に細長いプランターや植木鉢を置き、四季折々の花を植えている。

夏には毎朝五時前に六十代の女性が、じょうろで花に水やりをしていた。そして、花や葉っぱを注意深く観察し、元気のなく萎《しお》れそうな花を摘む。役目を終えた花殻を摘むことにより、これから咲く蕾がより元気になることを知っているのだろう。一枝の花にも、今まさに散ろうとしている花の隣に開きかけの蕾があり、ささやかな自然の生命の営みを感じさせる。

灼熱の太陽によって水分が蒸発し、花や葉が萎れかげんになった翌朝は、ホースを使い、たっぷり水をそそいでいた。そうすると、下を向いていた花や葉っぱが息を吹き返し、シャキッと上を向き、再び太陽を追いかける。

どうして人はこのように手間暇をかけて、花を育てるのだろう。人は花を美しいと思い、美しい花を見ると心が癒される。他の動物は、蜜を吸うなど食用にしているが、生存に必要ではない花を愛《め》でることはなさそうだ。しかし、人は花を愛する動物である。自らの生存に関わる存在ではなくとも、美しさを感じ、それを愛でる。その心は音楽、絵画、彫刻、バレエなどの芸術を愛する精神と同じであろう。

私たち夫婦と花との心の触れ合いは、ハイキングや登山がきっかけだった。七月初旬に尾瀬で観たニッコウキスゲの絨毯は言語を失うほど見事であった。また、登山中にどれだけ花に助けられたことだろう。花には疲労を忘れさせ、エネルギーを与える働きがあるらしい。山頂手前の急登にさしかかると苦しいので、登っていく道の少し前を見るのではなく、どうしても下を向きがちになる。そんなとき、ふと、岩の隙間に凜と佇んでいる紫色の千島桔梗や岩桔梗などの高山植物を目にすると、心身が癒され、これまでの疲れからいっぺんに解き放たれる。ここでひと踏ん張りと気分を入れ替え、頂上までの辛い肉体運動を続けることができるのだ。

現在の老人ホームに入る前は、港区白金のマンションに住んでいた。床面積は広くないが地上一階と地下一階に分かれており、地下には灯籠を置いた坪庭があり、それとは別に中庭があった。中庭には物干し台ばかりでなく、花を栽培するプランターを置くことができた。早速私たちはプランターを幾つか買い求め、花を植えてみようということになった。私たちがそれまで住んでいたマンションはベランダで花を育てることが禁止されていたのだ。

種を蒔くと、しばらくして小さい芽が土の中から弱々しく出てくるが、日一日力強く成長していく過程を観察していると、生命の力強さを実感できる。アボカドやひまわりは、私の背丈近くまで伸びてくる。どんな植物でも葉、茎、根の形、色、大きさなどに一つも無駄がなく、足りないものもない。

稲垣栄洋によれば、植物は動物と異なり、エネルギーとなる食物を得るために歩き回ることはできないが、太陽光のエネルギーを得るため、自身を効率的な構造に変化させる。変化というより、厳しい環境を生き延びるため、植物は高度な仕組みを発展させてきたのだともいえる。人が美しいと感じ、心癒される色とりどりの花も、我々を楽しませるために咲いているわけではない。自分を目立たせ、昆虫にみつけてもらい、受粉して子孫を残すためなのだ。

植物を育てるのは、咲いた花を愛するだけより格段に難しい。私は時折、通勤帰りに麻布十番の花屋さんに寄り、心が落ち着くような花を見つけると買って帰り、プランターに植えていた。しかし、朝早く出勤し、夜遅く帰宅するので、次第に花の手入れをするのは、妻の役目になってしまった。

私たちは、生活にうるおいを与えてくれるであろう、犬か猫を飼うことも考えた。しかし、犬や猫は人間より寿命が短いので、先に死んでしまう。「生き物が亡くなるのを見るのは嫌なの」という妻の一言で、結局、飼うことはなかった。

生き物といえば、妻は虫が嫌いであった。一匹でも虫が部屋に入ると「虫が入ってきた」と高音のソプラノ歌手のように奇声を上げ、家中大騒ぎになる。私に処理を任すが「殺さないで、外に逃がしてよ」と難しいことを頼むのだ。妻は生き物が亡くなるということに憐憫の情を強く抱く心優しき性格であった。

妻は植物に対しても、途中で枯らしてしまうということに罪悪感をもっていた。「夫はせっせと花を買うけれど、世話をするのは私」とこぼしながらも、妻は植物の育て方をよく学び、枯らさないよう細心の注意を払っていた。学会や講演会の準備ばかりでなく、花の世話まで頼むことになってしまった私は、すまない気持ちでいっぱいだったが、どうにもできなかった。

花が咲くころになって、あわてて肥料を与えても立派には育たない。一体どこから聞いてきたのか、「花木も、人の心も、小さい時から手掛けよう」というキャッチフレーズのもとに、妻は種の時からきめ細かい観察を怠らず、ていねいな手入れを行っていた。

「なぜ花は優しいのでしょう。見る人を慰めて、何も見返りを求めない」。タレントの美輪明宏の言葉だが、それこそ、たんなる人間の思い込みで、まったく植物としての花の営みとは関係がない。しかし、私にとっては、その言葉がまるで妻のことを形容しているかのように思えたのだ。妻の名前は花が咲くの「咲子」である。妻は花のように、周囲に安らぎや感動や生きる力を与え、私を含め多くの人のために尽くした。しかし、何の見返りも求めることはなかった。

参考文献
『花言葉』美輪明宏著　パルコ　二〇一〇年
『植物はなぜ動かないのか　弱くて強い植物のはなし』稲垣栄洋著　ちくまプリマー新書　二〇一六年

# 光の春

時間や人為にかかわらず春が戻ってくるように、希望もいつか戻ってくる
（作者不詳）

「光の春」とは、なんと響きの良い言葉であろう。「光の春」というのは二月のことである。この言葉はロシア語に由来し、凍てつくような極寒が続く冬のロシアで、徐々にだが着実に日脚は伸び、日差しも強まり空が明るくなってゆく季節を指す。灰色の中に閉じ込められた厳しい冬にあって、活気に満ちた生命の息吹を感じる春を心密かに待望する言葉でもある。我が国では二月四日ごろを冬の極まりのなかで、春の気配が立ち始める日として暦で「立春」として、水ぬるむ春の到来を待ちわびてきた。

二月ごろの気温は日本もロシアも一年で一番低い、しかし、太陽の紫外線量はこの頃か

ら徐々に増えてゆく。動物や植物の多くは、気温の上昇より「光」に反応して冬眠から目覚めていくらしい。人が冬の寒さに震えていても、寒風の中の可憐な花は次第に芽吹き始め、あたかも地球から送られた絵はがきのように春の到来を知らせてくれる。また、二月には雀も鶯も独特のさえずりを始め、まだ冬眠している私たちに、春の訪れを声で知らせてくれる。小鳥たちが春を感じるのは、気温ではなく光の強さなのだ。

「光の春」という言葉は、お天気キャスターで気象にまつわるエッセイの名手でもあった倉嶋厚さんが広めたという。名文なのでその部分を『お天気歳時記　空の見方と面白さ』から引用しよう。「二月の光は誰の目から見てももう確実に強まっており、風は冷たくても晴れた日にはキラキラと光る。厳寒のシベリアでも軒の氷柱から最初の水滴の一《ひと》雫《しずく》が輝きながら落ちる。ロシア語でいう『光の春』である」

妻は大学生のときに、第二外国語としてロシア語を選択していた。中学校以来の妻の友人がロシア正教と深い関係があったこと、その友人とよくバレエを観に行っており、旧ソ連から亡命したロシア人でバレエ史を塗り替えた、不世出の天才バレエダンサー、ルドルフ・ヌレエフのファンであったため、ロシア語に親近感を抱いていた。

「光の春」という言葉を、妻はロシア語の授業の中で学んだのであろうか。ロシア語で春の事を「весна《ベスナー》」、光は「свет《スベート》」である。ロシア語も日本語も、なんとなく綺麗な語感で、ともに希望や未来を感じさせる。妻はその言葉を忘れずに覚えていた。春は「光の春」だが、「希望の春」でもあろう。

一月は行事が多く、何となく気忙しい。二月になると落ち着きを取り戻し、春光の到来を待って、私たちは山登りを始める。高い山は雪で覆われているので、おのずから雪の少ない近郊の低山を目指すことが多かった。

光の春の二月、都心から一時間程度で登山口に行ける高尾山に登ると、晴れた日には青空の下、雪に覆われた神々しい富士山を山並の向こうに、眺めることが出来る。前年、妻の両親が亡くなり失意の年だったとしても「今年は、よき年が迎えられるように」と、希望を戻りもどせるように二人お祈りを捧げる。また私は、再び学問の中心地で勉強できるようにとも願をかけた。

所沢に住んでいた時は秩父の山によく行った。車を使うと二時間程度で登山口に着いた。秩父地方には、深田久弥の日本百名山に選ばれた両神山はじめ三峰山、武甲山など、標高こそ日本アルプスにはるかに及ばないものの、名の通った数多くの峰々がそびえている。

何と読むのか難しい四阿屋山（あずまやさん。標高七七一メートル）の麓に、春を告げる花であり「春の妖精」とも呼ばれる福寿草が群生すると知り、二月初旬に車で向かったことがある。両神温泉薬師の湯経由で、登山口の駐車場に車を置き、四阿屋山に登った。

登山道を登っていくと、木々の間から日の光が私たちの顔を容赦なく照射する。妻は「二月は光の春よ、紫外線が強いから、注意して」と心配してくれる。私は「そうか日焼けに注意しなければ」と帽子をかぶり直した。

両神神社奥社まではそれほど苦労せず登れたが、麓に咲くという目当ての福寿草は、二月の初旬だとまだ開花には少し早く、群生しているというわけではなかった。見つけるのに苦労するくらいしか咲いてなかったが、春を告げる花を探し出し、その蕾が緑色の萼《がく》を押しのけ、春を待ちわびたように黄色の花弁を出しているのを眺めた。群生する福寿草が見られず心残りで、満開の時に再度訪問したいなと思いながら、帰途についた。

光の春の高尾山でかけた願がかなってか、埼玉の所沢、千葉の印旛での勤務後に東京に戻ってこられた。そんなわけで、高尾山は私たちにとってハイキングのホームグラウンドとなった。春夏秋冬幾度となく高尾山に登った。ある二月の厳冬の朝には、高尾山から小仏峠に行く途中に幻想的な「霜柱の花」に思いがけず出くわした。登山道の脇で、少し腰をかがめて地面を見ている中年の登山者がいた。神秘な白い花びらが地中から這い出しているのを教えてもらった。それが「霜柱の花」であった。植物の根から吸い上げられた水分が、枯れた茎からしみ出し、冷たい外気に触れて氷結したものを「霜柱の花」と呼ぶ。花と呼ばれているが、植物の花ではない。幾重にも重なる薄い花びらが、あるいは少し厚みのある花びらが地面から生えているように見える。太陽が顔を出し気温が上がってゆくと氷が溶け、霜の花は、はかなくも消えてしまう。一日で萎《しお》れる尾瀬のニッコウキスゲやハワイの州花ハイビスカスの花より短い、数時間の花である。

目黒の国立科学博物館附属自然教育園へは、私たちが住んでいた白金六丁目から歩いて十分程度で行けた。あまり人の手を入れず、できる限り自然本来の姿に近い状態で林や湿地を残している。ここではバレリーナが踊っているような紫のカタクリを見ることができる。妻と私は、私が学会などで土曜日の夜遅く帰宅し、翌日の日曜日に遠出の山歩きが出来ない時は、関東最古の目黒不動尊や五百羅漢寺を経由し、歩いて三十分程度の都立林試の森公園に行くか、自然教育園でウォーキングを楽しんだ。あれは妻が亡くなる何年前のことだっただろう。東京では珍しく、吐く息が白くなる寒い二月の日曜日の朝、私たちは自然教育園に散歩に出かけた。そのとき、道端に高尾山と同じような霜柱の花が咲いているのを偶然発見した。いつも沈着冷静で喜怒哀楽の感情を出さない妻が珍しいことに、驚きと喜びのあまり「わっ」と声を上げた。「ここにも霜柱の花が咲いていた！」と大声を出したので、朝の静かな公園に妻の声が響きわたった。都心で霜柱の花を発見したのは僥倖《ぎょうこう》としか言いようがなかった。「朝来たかいがあったね」と二人で言いあった。

私たちはしげしげと霜柱の花を観察した後、教育園の出口に向かったが、もう一度観ようと花が咲いていた場所に戻った。残念なことに、陽光のなかにあった氷の花は、水滴を残すのみとなっていた。妻は「さすが、二月は光の春ね」と感嘆するとともに、花の寿命の短さに儚《はかな》さも感じていたようだった。

参考文献

『お天気歳時記　空の見方と面白さ』倉嶋厚著　チクマ秀版社　一九九七年

# 第四章　妻と山

# 山行への誘い

## 「一歩一歩上がれば何でもないぞ」

（藤尾秀昭『十万人が愛した言葉』鈴木大拙の言葉より）

日本人ほど山を尊び、山に親しんできた国民は、世界にもあまり類がないのではないか。日本中いたるところの山の山頂に祠があるように、人々は地元の山々を敬ってきた。そして、山は心身の鍛錬の場として、限界への挑戦の場として、また、レクリエーションの場としても愛されている。古くは山岳部やワンダーフォーゲル部で学生や若者たちに親しまれ、最近では「山ガール」や「中高年の山歩き」などの言葉も流行するなど、世代を超えて日本人が山を愛好している証拠でもあろう。二〇一六年から国民の祝日として「山の日」も実施され、山に親しむ機会が増えた。三十年前には、少数の中高年登山者しか見受けられなかった山頂が、最近は若い世代の男女や子供たちで大いに賑わっている。森のきれいな空気を吸い、清々しい汗をかいた彼らは、都会では見られない笑顔を見せ、生気に溢れている。

「山行」とかいて何と読むのかというのだが、「さんこう」と読む。登山と縁のない人にとっては馴染みのない言葉であろう。私たち夫婦も登山に親しむ前「山行」という言葉を知らなかった。「さんこう」は昔の中国語での発音に即した読み方、すなわち音読みで、最初はなじめなかった。山に遊びにいくこと、山歩き、また登山に行くことであり、この単語の読みが正しいかどうかで、登山の経験があるのか見当がつくという。山歩きをしない人にも「山行」という言葉と読み方を知ってもらいたく、この項のタイトルを「山行への誘い」とした。

思い起こせば、妻と山歩きを始めたのは、私が所沢にある新設の医科大学に赴任したことと、妻が破壊性関節症を患ったことがきっかけだった。

私が大学院を修了する直前に、教授から所沢の新設医科大学に行く話が持ち込まれた。すでに赴任していた先輩の医師を補佐するようにとの依頼であった。ちょうどその時、教授が私の博士論文を校閲中だったため、「もし断れば博士号を授与されないかもしれない」と、相談した先輩医師に真顔で脅された。それはあり得ないことであったが、当時の私は、教授から「行かないか?」と言われれば、それは「行け」という命令であると素直に思った。

その頃、医学部の教授は皇帝のようなものだった。権限が強かったのか、私が素直だったのかいずれかであったろうが、それ以上に、私は教授に恩義を感じていた。博士論文の草稿を書き上げたので、教授の千代田区三番町のご自宅に呼ばれ、午後七時から九時まで、論文の書き方の基本をみっちり教わった。なぜこの研究を行ったか、目的を明瞭に、結果はシンプルに、深く洞察した上で、考察の項を書くことを教わった。特に専門外の人が読んでも理解できるように書きなさいと、助言してくれた。そして、タイトルに始まる一ページから最後の文献リストまで徹底的に直してくれた。このときの指導は、医学論文ばかりでなくあらゆる論文の執筆に当てはまるであろう。教授のお宅には計七回訪問したと思う。指導は厳しいものだったが、品があり、知性を醸し出す雰囲気のある奥さまがいつも笑顔であたたかく迎えてくださったことは今も忘れられない。二十八年後、私が四代後の主任教授になったとき、挨拶に行った。既に教授は亡くなられ、奥様は三番町を出て、品川区の老人ホームに入居していた。殆ど臥床していることが多かったが頭は明晰で、昔と同じような笑顔で迎えてくれて「夫の木村の代わりに医局をよろしくね」と励ましてくれた。

話がそれてしまったが、大学院修了後、所沢に行ったことが、私と妻の一生を変えることになる。結婚後、私たちは文京区本駒込にあった妻の実家から歩いて十分程度のマンションを借りて住んでいた。赴任先の所沢へは電車通勤できない距離ではなかった。しかし、緊急の患者を治療するには病院の近くに住んでいたほうがいいだろうと考え、病院の敷地内にある公務員宿舎に住むことを決めた。その決断を、東京生まれで東京育ちの妻に話したところ、不安はあったのだろうが、心配そうな素振りを一切見せず、賛成してくれたのである。

所沢は、西武池袋線と西武新宿線が交差する街である。西武新宿線の終点があるのは、蔵造りの街並みが江戸の雰囲気を醸し出し、「小江戸」と呼ばれる川越の町だ。一方、西武池袋線は秩父線をへて秩父市まで繋がっている。秩父には良質な石灰岩を産出する武甲山があり、「秩父セメント」の名は広く知られている。また、自由民権運動下で農民が負債の延納や税の減少などを求め、武装蜂起した「秩父事件」の地としても有名である。西武池袋線沿線の飯能市と秩父市の間には、私たちを山行に誘い、私たちを鍛え、山行の楽しみを与えてくれた奥武蔵ハイキングコースの低山が連なっている。

妻は二十歳のころから手の関節痛と関節の腫脹を訴えていた。しかし、関節痛の病名診断はつかず、手の関節炎は今後も続くだろうと言われた。その見通しは正しく、妻は一生関節痛に悩まされた。関節痛がひどい時、「あのS先生の言う通りよ」と、妻は時折言っていた。眉目秀麗だった整形外科のS准教授は、四十歳の若さで亡くなった。整形外科の教室主任となるべき将来を嘱望されていたのにと、医師の早逝を二人で悲しんだ。

所沢への赴任と、この妻の手の関節炎が私たちの山行に繋がったのである。その頃、赴任先の大学の教授や先輩医師からたびたび「ゴルフをやらないか」と誘いをうけた。妻はゴルフが一種の社交でもあることを知っていたので、「世間の付き合いもあるだろうから、やれば」と言ってくれた。しかし、手の関節痛のためゴルフクラブのグリップを握ることが出来なければ、妻はゴルフに同行できない。毎週末妻を一人だけ家に残すことになり、寂しい思いをさせてしまうのではないか。ただでさえ、ウィークデーは毎日仕事で夜遅く帰り、朝早く出勤している。それにもかかわらず、いつも安心して仕事ができるよう、すべてを配慮してくれる妻を家に残し、私だけゴルフに興じるわけにはいかないと思ったのである。

そこで、ゴルフの代わりに二人でできることを考えた。結婚前に二人で北鎌倉から鎌倉への鎌倉アルプス（天園ハイキングコース）を歩いたことを思い出した。臨済宗鎌倉五山第一の古刹、建長寺の威厳を感じさせる大きな山門をくぐり、広い境内を抜け、長い急な階段を上ると、鎌倉アルプスハイキングコースに出る。そこから幾多の登り下りの山道を歩き、臨済宗関東十刹《かんとうじっさつ》の筆頭寺である瑞泉寺に降りた。四キロ足らずのコースでありながら、富士山や相模湾を見渡す眺望も得られ、自然を満喫できた。約三時間の歩きがいのあるハイキングコースであったが、そのときの妻は難しい山道を難なく歩ききったのだ。

手に関節炎があっても歩くことには支障ないので、健康のため、週末ハイキングに行かないかと、妻に提案した。関節痛のため、家の中で仕事や勉強をしていることが多く、なにかと活動を制限せざるを得なかった妻は、「それはいいわね、ハイキングは好きよ」とすぐに賛成した。私にとって一緒にハイキングに行くことは、妻へのせめてもの感謝の気持ちであった。

自分に厳しく真面目一筋で生きてきた妻にも、たまには息抜きも必要だろう。その思惑通り、妻にとってハイキングは格好の息抜きになった。

ハイキングは爽快感を与えてくれたばかりでなく、歩行中すれ違ったときお互いに挨拶をするとか、細い山道では登る人を優先し、下る人は待っているとか、自分が出したごみは必ず持ち帰るなど、都会生活では劣化してしまう人間性を回復してくれる。妻の感性と波長が合ったようで、妻と登山は長い付き合いとなった。

所沢から車や電車を使って一～二時間で行ける奥武蔵には日帰りで帰れる手頃なハイキングコースがいくつもあり、ハイキングを始めたばかりの我々夫婦にとって格好のホームグラウンドであった。ここが私たちの山行の幕開けの地である。

ハイキングに行くようになってから、妻は全身に生気がみなぎって活動的になり、体力も付き始めた。人生の幅が広がったようにも思えた。妻の山行は、「一歩一歩上がれば何でもないぞ、一歩一歩努力すれば、いつの間にか高いところにも登っている」と鈴木大拙がいうように、近郊の三〇〇メートル級の低山ハイキングから一〇〇〇メートル級、二〇〇〇メートル級の山々へと次第に高度を上げ、三〇〇〇メートル級の日本アルプスの穂高岳、槍ヶ岳、北岳などに登頂できるまでになった。

参考文献
『十万人が愛した言葉』藤尾秀昭監修　致知出版社　二〇一九年

## さらなる山への誘い

「始め良ければ終わり良し」

（諺　出典不詳）

「始め良ければ終わり良し」とは、物事は始めが順調にいけば最後まで調子よく進行するもので、何事を行うにも最初が大事だ、という意味であろう。「物事は始めがうまくいけば、半分はできたようなものだ（始め半分）」などの類句があり、ギリシャ語や英語でも「よく始めた人はすでにその仕事の半分をしたのに等しい」と同様な意味のことわざがある。「物事の成否は、最初のやり方で決まるものだから、慎重に心してとりかかるべきだ」という助言も秘められている。

その反面、始めがうまくいかないと次の行動を躊躇してしまう。私の人生には、よくそのようなことが起きた。高校時代、クラス対抗のボウリングの試合に欠員がでたので、急遽出場を依頼され、参加する羽目になった。試合まで時間がなく、ボウリングにもあまり興味がなかったため、ほとんど練習せずに当日を迎えた。レクリエーションゲームとは言え、結果は見るも無残で、投げた球はピンまで届かず、吸い寄せられるように側溝へと転がっていき、目を背《そむ》けたくなるような惨憺たる得点であった。これ以降、ボウリング場に行くことはなかった。

その点、私たち夫婦が挑んだ奥武蔵のハイキングは、最初からうまく運んだといえるだろう。奥武蔵の山は埼玉県の南西部に広がる秩父山地の一角で、標高二〇〇～一三〇〇メートルの低山がのどかな里山を囲むように連なっている。私たちは昭文社の『エリアマップ・奥武蔵・秩父』を購入した。約五五×八〇センチの、耐水性の紙でコンパクトに畳むことができる地形図である。地形図は歩くときに便利なばかりでなく、等高線などを読めるようになると、行く前に自宅で「机上登山」、すなわちシミュレーションを行える。この地図には、ランドマーク間の歩行時間が記載されており、スケジュールを考えるときに大変便利である。グループ登山でも、リーダーにお任せではなく、自分で地図を見ながら登山するといい。登山道の間違いや、遭難などのトラブルを防いでくれる。航海に海図が必須なように、山行には登山地図が必要である。最近は、紙の地図の代わりにスマホに登山地図をダウンロードができ、ＧＰＳで自分が登山道のどの位置にいるか分かるようになった。登山道を離れたときは自動で警告が入るなど、安全に山歩きするための優れたソフトがある。

最初のハイキングでは、西武吾野駅で電車を降り、顔振《かあぶり》（地元の人はカワフリ、コウブリ、コオブリとよんでいる）峠に登り、十二曲り、エビガ坂を下りてユガテを経由して東吾野駅にたどり着く歩行三時間弱のコースを選んだ。顔振峠、十二曲り、エビガ坂、ユガテなど、響きの良い名前に惹かれてしまったのである。また、初めてのハイキングなので、行程が三時間程度なら、初心者でも完走出来るのではないかと考えた。

イベントがあるときの朝は、早起きである。気もそぞろに早めの朝食を取り、住んでいた所沢から約五十分で西武秩父線の吾野駅にアッという間に着いた。季節は五月か六月だったかと思うが、空は群青色で快晴の日であった。気持ちよい朝の薫風を頬に受けながら、車がほとんど通らない、なだらかに上がる車道を登山口まで二十分程度歩いた。その後は急登のハイキング路が私たちを待ち受けていた。はあはあと息を切らしながら、わき目もふらず、ひたすら数十分登ると、ようやく顔振峠に到着した。ホッとして、したたる顔の汗を拭った。顔振峠の名前の由来は、源義経が都落ちして奥州に逃れる際、あまりの絶景に何度も振り返ったためである、あるいは、御供の武蔵坊弁慶があまりの急坂に顔を振りながら登った、など諸説がある。

ハイキング初心者の私たちは、ただひたすら、勾配の急な道の二〜三歩前を見ながら登った。途中、息の調整のため数回立ち止まったが、義経のように振り返る余裕さえなかった。ようやく眼下に、遠くの山々を見渡せる峠に着き、大パノラマを満喫することができた。急坂の登りや峠からの絶景は、真偽はともかく義経たちもここを登って来たという歴史を私たちも共有することができた。現在は、この峠に奥武蔵グリーンラインという車道が通っており、車でこの峠まで難なく来ることができ、時代の差を感じさせた。

顔振峠からは、かなり登り下りの起伏がある尾根道のハイキングコースを通り約一時間歩くと、ユガテというひっそりした集落に遭遇した。山中に突然現れるユガテは、花が咲き乱れる美しい桃源郷であった。赤、青、黄、紫、白など色とりどりの花と、緑あふれる木々が植えられており、奥武蔵の山では珍しく竹林に囲まれていた。猫の額のように狭い、平らな土地には耕された畝が並び、人の住む気配をほのかに感じさせた。車の音も人の声も全く聞こえない静寂な中で、時折、鳥の優しい声が響きわたっていた。

しばし、私たちはユガテの住民が作った木のベンチに座り、目をつぶって、静けさを堪能した。所沢から浦和に抜ける裏道に同じような場所があったと思い出す。日当たりの良い畑の奥に、林に囲まれた一軒の藁《わら》ぶき屋根の農家が建っており、すい臓がんで亡くなった義父は、そこを桃源郷と呼んでいた。私たちの脳裏にはその場所が二重写しになった。

ユガテの入り口は生い茂る樹木のゲートになっていたが、私たちはそこから下山し、帰路に就くため東吾野駅に向かった。

ユガテは多くの地図でもカタカナで記載されている珍しい地名である。ユガテという地名の語源は色々あるが、漢字で表記すると「湯が天」や「湯が手」となり、湯と関係があるらしい。しかし、カタカナで書かれたユガテは、なんともロマンチックであり、我々の想像力を刺激し、桃源郷を連想させた。

どこまでも果てがなく透き通った青空、鎌倉時代に戻ったような顔振峠の歴史、花に包まれた静寂な桃源郷、急登を経て顔振峠まで登った達成感と、歩いたあとの少しけだるい爽快感は、山歩きの魅力を私たちに沁み込ませた。その後、顔振峠とすぐ近くの正丸峠、伊豆ヶ岳、子ノ権現など、奥武蔵のハイキングコースに足を踏み入れ、秩父地方や比企地方の山々にも向かった。その結果、妻は手の指の関節痛はあっても脚力や体力に自信がつき始めた。

これを起点に私たちのハイキングは本格的な登山へと繋がっていった。八ヶ岳や日本アルプスなど本州の名山だけでなく、北海道から九州までの名だたる山をほぼ一緒に歩いたのである。

妻が亡くなった後、私は膝関節節軟骨の断裂を起こし、痛みのために、しばらくハイキングや登山が出来ない雌伏の時期があった。膝の痛みが改善するや否や、満を持しての最初のハイキングに、思い出多いこの奥武蔵のコースを選んだ。三十年ぶりかで顔振峠・ユガテのコースを歩き追憶に浸った。
途中の山道から、遥か彼方に日本一高いというスカイツリーが見えたのに驚き、胸を震わせた。私たちが顔振峠を歩いたのは一九八〇年代であったので、当時スカイツリーはまだ建設されてなかったのだ。「よくこのコースを思い出してくれたわね」と、妻がスカイツリーの景観をご褒美にくれたようにも思えた。

参考文献

『ギリシア・ローマ名言集』柳沼重剛編　岩波文庫　二〇〇三年

# 山歩きのコツ（鳥海山）

「他山の石」

（『詩経』小雅・鶴鳴より）

登山を始めたばかりの頃、私たちは奥武蔵のハイキングコースで地道にトレーニングを行っていた。ところが二年ほど経った夏、妻は何を思ったのか無謀にも鳥海山登山のツアーを申し込んでしまったのだ。鳥海山の海抜は二二三六メートルであるが、その高さがどの程度のものなのか、私には皆目見当もつかなかった。ただ、海抜三七七六メートルの富士山と比べてみても、そんなに低い山ではないことだけは、うすうす感じていた。後で知ったことだが、鳥海山は東北地方では福島県の燧《ひうち》ヶ岳に次ぐ、二番目に高い山であった。「出羽富士」「秋田富士」とも呼ばれる東北の名山で、その秀麗な山容はなだらかな裾をひいて平野へと広がっている。

山頂には大物忌《おおものいみ》神社の本社があり、出羽国一宮として崇《あが》められてきた。昔から日本の名山のほとんどは信仰と関係が深い。山岳信仰の始まりは、縄文時代にさかのぼるという。採集生活だった当時は衣食住のすべてを山に頼っていたため、人々が山への感謝の念を抱いたのが始まりだろう。その後、農耕生活が始まると、山は水の源であり、かつ水害を引き起こす脅威ともなった。このようにして、山に対する感謝と畏敬の念の双方が芽生えたのだ。そして、人が亡くなるとその霊は高く昇っていくとの考えから、山は人が最後に還っていく場所ともみなされた。明治時代に来日したアメリカの植物学者モースは、日光の男体山の頂上で、何千人もの巡礼者と修行者が神社に集まっているのを見て驚嘆したという。鳥海山も例外ではなく、水源への信仰から、そこから流れ出す川は神聖視された。

東京からバスツアーに参加したのだが、そのバスの添乗員はOさんという三十歳前後のたくましそうな女性だった。旅行代理店に就職した彼女は、特に希望していなかったのに登山旅行の添乗員として働くことになったという。添乗員として登山の講師や現地山岳案内人と一緒に山に登るうちに、Oさんはすっかり登山の醍醐味に魅せられてしまったらしい。三十五年前の登山者と言えば中高年、それも男性ばかりで、今で言う「山ガール」に出会うことはほとんどなかった。まだ若いOさんがバスの中で自己紹介し、山にハマってしまい、家に帰るのは月に一～二回程度だと言ったときに驚いた。そして「ハマる」という言葉が、私たちに強く新鮮な印象を残した。

鳥海山の登山口近くの国民宿舎で一泊し、早朝から登山が開始される。皆これから登る鳥海山登頂に胸が躍っていた。頑強な地元の中年男性が案内人として登山口で合流し、一緒に少し急な坂を登りはじめた。地元の案内人にとってはゆっくり登ったつもりであっても、私たちにはかなりハイペースに感じられた。七合目にある火口湖、鳥海湖についたときは、ほとんどのツアー客がすっかり疲れ果ててしまっていた。毎日山を歩いている地元の健脚な案内人と、月数回の低山ハイクしかしていない都会人とでは全く歩くペースが違う。「もう少しペースを落としてください、とても付いていくことができません」とお願いし、案内人に歩くペースを落としてもらった。しばらく平地が続いたこともあり、皆の疲れはかなり軽減した。

鳥海山は、我々に思いがけないプレゼントをくれた。真夏に粋なはからいというべきか、千蛇谷《せんじゃだに》にまだ雪渓が残っていたのである。妻と私にとって、山の雪渓歩きは初めてだった。雪国で育った私は雪の上を歩くのに慣れていたが、妻は東京生まれの東京育ちである。ゆっくりゆっくり歩き、短い距離であったが雪渓を渡りきった。雪渓歩きは滑らないよう足元を強く踏むのでエネルギーを消耗する。とはいえ、雪渓歩きは単調な登りだけの登山にアクセントを付けてくれた。初めての体験に、妻は「緊張したけど、楽しかったわよ」と、子供に帰ったように喜んでいた。

雪渓を渡ったところから、また少しきつい勾配の長い坂が続いた。そのうち七十歳代と思われる老人の足がのろのろと前に進まなくなった。次第に皆の登山ペースに付いていけなくなり、疲れたと言い始めた。その老人と添乗員のOさんが一緒に下山するか、登り続けるかを協議することになる。結局、案内人の率いるグループと分かれ、Oさんと老人二人でゆっくりしたペースで登り続けることとなった。

この出来事は、妻に精神的なインパクトを与えた。すでに登山開始直後の急登や、雪渓歩きで疲労していた妻は、この坂でかなり疲れ、息が荒くなっており、山頂まで登ることができるか私は心配していた。そのような時に、同じツアーの老人が落伍しそうになるのを見て、「若い私はもう少し登れるのでは」と思ったのではないか。

ベテランのOさんは、その老人に「疲労が出やすい大股の歩き方で、下ばっかり向いて歩いていたので苦しくなったのでは」と指摘していた。それを聞いた妻は、小股で歩幅を短く、ゆっくりと、顔を下ではなく前に向け、なるべく上半身をまっすぐにして歩くように変えた。そのせいか気持ちにも余裕ができ、前よりしっかりした足取りで頂上を目指すようになった。

他人の失敗や誤りを参考にすることを「他山の石以て玉を攻《おさ》むべし」や「他山の石」などと言うことが多い。よその山から出た質の悪い石でも、自分の玉を磨くのに役立てることができる、との意味である。老人の歩き方が「他山の石」となり、妻には登山を続ける上で大いに助けとなった。

他人の成功から学ぶのと、失敗から学ぶのでは、どちらの方が参考になるのだろう。私たちは、ハッピーエンドで終わる成功談に心を奪われがちだ。しかし、成功するにはそのひとの運もある程度影響するので、他人の失敗から学ぶことの方が多いのではないか。失敗をしても良いが、失敗から学び、軌道修正できるのが偉人であると妻は考えて、他人の失敗に学ぶだけではなく、自分の失敗をも正そうとしていた。

私たちは、山頂直下の大物忌神社と隣の御室小屋（山小屋）に到着した。岩礫《がんれき》という過酷な環境下で、白い可憐な花を咲かせる高山植物「鳥海ふすま」も、Oさんと老人の到着を待っていた。十数分遅れて、Oさんとご老人が到着したときには、皆、拍手で出迎え、お互いの健闘を笑顔で讃え合った。

下山するときは千蛇谷の雪渓を通らない尾根道を選んだ。登山口からとは異なるルートで下山したが、登山開始から下山まで十時間はゆうに超えた。ふもとに着いたときには、皆フラフラしていた。

十時間を超えるハードな登山であったが、登山のコツを学んだこと、若い女性も登山に「ハマって」いるのを知ったこと、夏に雪渓を歩けたこと、頂上より三百六十度の展望が得られ、静かな日本海を遠望できたこと、山頂直下で「鳥海ふすま」という、ここでしか咲かない高山植物を見ることができたことなど、忘れがたい山行であった。妻も私も、少しずつ登山の魅力から足が抜けなくなりそうな予感がした。


参考文献

『詩経』目加田誠著　講談社学術文庫　一九九一年

『超訳ベンジャミン・フランクリン文庫版』青木仁志編訳　アチーブメント出版　二〇一九年

## 初めての単独宿泊山行（北八ヶ岳）

「禍福《かふく》は糾《あざな》える縄の如し」

（司馬遷『史記』南越列伝より）

鳥海山登山のあと、妻の単調な生活に少しでも変化をつけるため、学会や論文執筆などの忙しい時期でなければ、週末や連休に二人でハイキングや登山をするようになった。それは私たちの健康維持も兼ねていた。ハイキング中ありがたいことに、妻は手の痛みも忘れていたようだった。

所沢在住の時は、西武線ばかりでなく東武鉄道沿線のハイキングコースにも遠征した。多くのコースが、鉄道の駅を降りるとすぐにハイキングを開始できる。それも魅力だった。山と高原地図の奥武蔵・秩父版に、私たちが歩いたコースをマーカーペンでなぞり、ハイキングの余韻に浸ると共に、次に歩くコースを探した。三～四年も経つと、西武線沿線のハイキングコースをほぼ走破し、すべてのコース・ルートが黄色のマーカーで塗られていた。こうした西武線や東武鉄道沿線のハイキングは、すべて日帰りであった。

ツアーに参加して鳥海山に行った次の年、私たちは少し冒険をしようと考えた。冒険といっても、日本アルプスなどで岩登りをするとか、冬山に登るなど強靱な体力と高度の登山技術を駆使する挑戦ではない。登山経路や宿泊、そこまでの交通手段など、すべての登山計画を自分たちで立てることを、冒険と考えたのだ。

鳥海山同様、今回も妻が積極的に行く先を探してきた。長野県、メルヘン街道の峠に「麦草ヒュッテ」という山小屋があるのを旅行パンフレットで知ったという。メルヘン街道は蓼科高原（茅野市）から麦草峠を越え、佐久穂町までの山岳ドライブコースである。なんとロマンチックな名前の街道と山小屋であろうか。

蓼科高原は、私たちが結婚した年の夏休みに、妻の叔父が会社の寮を紹介してくれて、そこに宿泊したことのある、思い出の土地であった。叔父は一高、東大卒であったが、「東大に入学できたのは終戦の年だったからだ」と謙遜するような人で、いつも私たちが訪問すると笑顔で迎えてくれた。私たちばかりでなく誰でも温かく受け入れ、誰からも親しまれる人柄だった。叔父を思い出しながら蓼科高原へのドライブ中、ナビゲーターをしていた妻は、道路地図でメルヘン街道という名を知り、記憶していたのだろう。

麦草ヒュッテは、山梨県と長野県を跨ぐ八ヶ岳連峰の中にあった。八ヶ岳は二八〇〇メートル級の赤岳、横岳、硫黄岳など岩稜の山々が連なる南八ヶ岳と、緑深い森林で鬱蒼とした北八ヶ岳からなる、変化に富んだ日本の名峰の一つである。昔々、富士山と八ヶ岳が背比べをしたところ、八ヶ岳のほうが高く、富士山が怒って頭を蹴飛ばしたので、八ヶ岳の頭は凹凸になった、とのまことしやかな言い伝えがあり、「ほんとかしら」と、私たちはいぶかった。

私たちはまだ登山の初級者だったので、岩山が連なる南八ヶ岳はとても無理と考え、緑なす北八ヶ岳の「麦草ヒュッテ」に泊まり、ヒュッテ周辺の池や草原、樹林帯などをハイキング気分で逍遥する計画を立てた。「麦草ヒュッテ」は標高二一二七メートルの麦草峠にあり、そこはメルヘン街道と呼ばれている国道二九九号の最高地点である。国道としては、長野・群馬県境の渋峠に次いで二番目に標高が高い。私の故郷にある安達太良山は、「あれが阿多多羅山、あの光るのが阿武隈川」の詩で親しまれている、高村光太郎による『智恵子抄』の山として知られ、日本百名山の一つだが、その標高は一七〇〇メートルである。麦草峠は、なんとそれより標高の高い場所なのだ。「ここは安達太良山より高いのね」と妻は驚嘆していた。

初日は標高二一〇〇メートル以上にある天然湖としては日本最大の白駒の池周辺を散策し、高見石小屋から丸山に登った。湖周辺の森林には緑の苔が一面に広がっている。都会では見ることができない苔の絨毯に感激した。白駒の池から、最初はなだらかな傾斜を歩き、次第に高度をあげ、高見石小屋まで登った。この小屋では夜、大型望遠鏡で星の観測ができるという。そこから標高二三三〇メートルの丸山山頂までは、高度差約一〇〇メートルの急登を二十分程度かけて黙々と登って行った。急登は奥武蔵の顔振峠などのハイキングで訓練していたので、妻と私は息を切らすことなくゆっくりと歩き、頂上を踏んだ。妻は「簡単に登れたわね」と、体力に自信を深めたようだった。少しずつ登山にも慣れてきた様子が窺えた。

「丸山」という名前の山は多い。山容が丸いのでそのように命名されたのだろう。その中でも長野と群馬の県境にある「湯ノ丸山」が、山麓に広がる鮮やかな朱色のレンゲツツジの群落で有名である。私たちは「レンゲツツジの時に丸山に登りたいね」と言っていたが、その山頂を踏む機会は訪れなかった。

丸山の頂上に着いた時には天気が下り坂で曇っており、頂上から、周囲の山々の展望は得られなかった。山頂で数分過ごした後、登りと異なり、緩やかな道をひたすら下山し、麦草ヒュッテに戻った。

麦草ヒュッテに入ったところ、登山客がほとんどおらず、ひっそりとしていた。私たちはなぜ客がいないのか不思議に思ったが、ヒュッテの主人の説明で分かった。「今日は誰も来ないので、部屋を自由に使って良いよ」と愛想の良い声だったが、客が来ないので落胆していたようだ。大型台風が近づくとの予測であったため、宿泊予定の団体客がキャンセルしたのだ。その結果、ヒュッテの広い大部屋は妻と私だけの貸し切りであった。大きな部屋に二人だけなので、少し寂しさと怖さも感じた。

しかし、思いがけない恩恵としては、それほど広くはなかったが風呂を独占して入浴することができたのである。登山で疲れた体をお湯で温め、至福の時を過ごした。初心者の私たちは山の宿泊施設にも風呂があることを知り、この点からも山が好きになった。しかし、麦草ヒュッテは例外であったことを後で思い知らされた。それについては北アルプスでの後日談がある。

翌日は台風の影響で朝から雨が降っていた。登山やハイキングで重要な装備は、靴（登山靴）、リュック、雨具の三点と言われている。登山靴とリュックはスポーツ用品売場の登山用品コーナーでそれなりのものを購入していた。しかし、日帰り登山ばかりの時は雨の日は中止していたので、雨具について初心者の我々は、その重要性をあまり認識していなかった。一応セパレートの雨具を購入したが、倹約家の妻は、街中でも使えるようなビニール製を購入した。雨は通さないが通気性がなく汗が雨具の内側にたまってしまい「気持ちが悪いわ」と嘆いていた。

樹木の立ち枯れや倒木により、縞状に見えることで有名な「縞枯山」とその隣の「茶臼山」を縦走する予定であったが、台風による雨の中での縦走は危険と判断し、山麓の平坦な道を北八ヶ岳ロープウェイの山頂駅まで歩いた。だが、登山道は雨で水が川のように流れている箇所もあり、踝《くるぶし》までかかる水かさの中を歩くと、雨水が登山靴の中まで容赦なく入ってきて気持ちが悪かった。山道は他に人も通らず、雨という悪天候の中での山行で、「あわや遭難か」と先行き、一抹の不安を感じた。

ようやくロープウェイの終点「坪庭」に着きほっと一息ついた。坪庭は溶岩台地にあり、高山植物が咲き乱れる場所である。しかし、雨の中を歩く私たちには、残念ながら花を鑑賞する余裕は全く無く、ひたすら歩いた。妻と二度目に来たときは、冬の西洋かんじきと言われるスノーシューを履いての雪中行進で残念ながら花の時期ではなかった。坪庭から「縞枯山荘」を通り、茶臼山、縞枯山の来た道とは反対側のルートをとり、「麦草ヒュッテ」に無事帰還した。雨の中の山行であったが、無事にヒュッテまで戻った時の充実感は、何ものにも代えがたかった。

「縞枯山荘」は青い切妻屋根がある三階建ての静かな山小屋であった。雪のためか三角形の角度は極端に鋭角であった。山荘は草原の中に凛として建っており、しばしメルヘンの世界に私たちは浸った。「いつかここに泊りに来たいね」と言い合った。

　このときの山行は、第一日目は周囲の景色を堪能し、登頂の充実感、体力の自信も得られた。その上、山小屋で思いがけなくゆったりと風呂にまで入ることができて、天国にいるような気分を味わえた。しかし、二日目は台風の影響で、予定した登山を諦め、登山靴も含む全身が風雨の被害を受け、期待していた花を眺める余裕もなく、地獄のような山行だった。まさに、諺の「禍福は糾える縄の如し」のように、この世の良い事と悪い事は、より合わせた縄のように、表裏して入れ替わり変転するものである。

　この年の暮れ、私の知り合いの友人が、東京での仕事を終え羽田から大阪に戻ろうと、タクシーで羽田空港へ向かったところ、タクシーが事故を起こし、軽傷であったが怪我をした。そのため、発着時間に間に合わなかった。ところが、この飛行機は離陸約五十分後に、尾根に激突し、友人は命拾いをしたが、多数の死者を出し、日本中が悲しみに覆われた。まさに「禍福は糾える縄の如し」であった。

　平地と異なり、山の天気は変わりやすいという。天候がどうであれ、私たちの山行を続ける意思に変わりはなかった。

参考文献

『史記7　列伝三』司馬遷著　小竹文夫、小竹武夫訳　ちくま学芸文庫　一九九五年
『智恵子抄』高村光太郎著　新潮文庫　一九五六年

## 妻の無駄骨（穂高岳Ⅰ　上高地から涸沢まで）

「経験のないため、飛んだ無駄骨《むだぼね》を折ることになりました」

（高村光雲『幕末維新懐古談』より）

東北の名山である二〇〇〇メートル級の鳥海山に続いて登ったのが、穂高岳であった。穂高岳は標高三一九〇メートルの日本第三位の峻嶺で、多くのアルピニストを魅了してきた北アルプスの盟主である。アルピニストでなくとも、穂高岳の名前は深田久弥の『日本百名山』や井上靖の小説『氷壁』などで広く、日本人には知られているはずだ。穂高岳は奥穂高岳、北穂高岳、前穂高岳、西穂高岳など鋭い岩稜が連なる連峰であるが、奥穂高岳が最高峰である。

妻は池袋の旅行代理店に行き、奥穂高岳山行のパンフレットをもらってきた。鳥海山登山の添乗員だったOさんの影響だったのか、当時は妻のほうが私より登山にハマっていたように思う。そのパンフレットには穂高岳山頂での写真が掲載されており、年配の女性と子供が満面の笑顔で写っていた。その女性はどう見ても五十歳代後半で、三十歳代だった私たちよりだいぶ年上のようだ。一緒に写っている孫とおぼしき子供は、まだ小学生くらいである。穂高岳山頂ではなく、まるで近郊の山の山頂で撮った写真のようだった。この年代の人たちでも登頂できるなら、鳥海山を踏破した私たちだって穂高岳に登れるはずだと、私たちは勝手に思い込んでしまった。しかし、三〇〇〇メートル級の山は手ごわかった。

穂高岳山行は山小屋二泊の予定で、前日の夜に東京を出発する、いわゆる夜行であった。当時はまだ若かったので、バスの座席で仮眠しただけで、二人とも疲れはなかった。上高地のバスターミナルに着いたのは早朝である。山並みの間に見える上高地の空は、雲間から青空が覗いていた。周囲の木々の深緑と群青色の空がコントラストをなし、私たちの気分を高揚させた。

バスを降りると三十歳代の女性登山ガイドが私たちを待っていた。山のガイドは男性が多いと思っていたが、なんと鳥海山のOさんに続いて今回も女性であった。この頃から若い女性の登山ガイドが増えてきたらしい。北アルプスを中心に登山・トレッキングツアーを行っている会社の社員である、とそのガイドは自己紹介をした。先週、雨の中で槍ヶ岳に登ったところ風雨があまりに強いため、登山客にロープを巻き付け下山したと彼女は平然といった。ごく当たり前の口調だったが、「ロープを巻き付けられる」、という事態に妻と私は不安を感じた。そのガイドは「安全な登山をする」ではなく、「何が起こっても安全だから心配ない」と自信ありげに言う。しかし、私たちはこれからの穂高岳登山に一抹の不安を感じた。そこに、名古屋から助っ人が来てくれたと、もう一人の男性ガイドを紹介されたので、少し安堵した。ところが、その男性ガイドは登山の経験が少なく、三〇〇〇メートル級の山にはほとんど登ったことがないと言う。私たちはますます背筋が寒くなり不安が募ったが、せっかく上高地まで来たのだから、もう穂高岳に登るしかないと心を決めた。

朝五時に上高地のバスターミナルを出発し、明神池や「氷壁の宿」がある徳澤園を通り、起伏の少ない梓川に沿った気持ちの良い登山道を約三時間、横尾まで歩いた。早朝の前穂高岳を仰ぎ見ながら進み、横尾に着いたのは午前八時ごろだった。穂高岳方面と槍ヶ岳方面の分岐点である横尾には、横尾山荘がある。山荘は宿泊もでき、すでに多くの登山客がこれから登る準備をしていた。素人に毛の生えたような登山服を着た初心者の私たちは、山荘で休憩していたベテラン風の登山家に、「今日はどこに行くの」と訊ねられた。「奥穂高岳に登る予定ですが、今日は穂高岳へのベースキャンプ地の涸沢カール（氷河の侵食作用によって形成された、スプーンでえぐったような地形）まで行き、そこで泊まる予定です」と返答した。すると、山の熟練者は「今出発すれば、奥穂高岳を往復できるよ」と気楽そうに言う。「そうか、山のベテランは今ここから出発して奥穂高を往復できるのか」と感嘆する反面、涸沢カールまでしか行けないじぶんたちに、少し劣等感を持った。だが、いかんせん我々は素人集団であり、特に妻と私にとって三〇〇〇メートル級の登山は初体験である。どのくらい大変なのか皆目見当がつかなかった。

槍ヶ岳に源を発する梓川にかかる横尾大橋を渡ると、本格的な山道となった。吊り橋を恐る恐る渡ると、登りの勾配がきつくなってくる。私たちはゆっくり歩いていたが、四十五分もすると六十歳代くらいの男性が「目的地はまだですか、まだですか」と言い始めた。疲れが出始めたらしい。この登山ツアーは、旅行会社主催なので、登山歴の有無は不問であり、中学生も参加していた。この男性はしばしば大声でガイドに「あと何分ですか」と尋ねていたが、そのうち「もっと楽な山はないのですか？」と言いだした。「北アルプスで楽な山はありません」とのつれない返事に、男性は仕方なくハアハアと肩で息をしながら、ガイドにつき従って登っていた。

涸沢カールまでの最後の登りはかなりの急登である。山岳部に入部したての新人たちが重い石を詰めたリュックを背負って登り、どのくらいの体力があるかを先輩たちから試される、「新人殺しの坂」と言われているそうだ。このような「しごき」があたりまえだった大学山岳部は、近年激減しているという。それを聞き、「今の若者はきついこと、辛いことを避けるようになったね」と私たちは嘆息した。

私たちも、それなりに重いリュックを背負って喘ぎ喘ぎ登り、ようやく涸沢カールにたどり着いた。奥穂高岳、北穂高岳、前穂高岳などに向かう登山の中心地である涸沢カールには、色とりどりの華やかなテントが張られ、多くのアルピニストたちが集結していた。ギリシャ・ローマ時代の円形劇場さながらに迫りくる穂高の岩稜に囲まれた涸沢は、ヨーロッパのアルプス山脈にいるようであった。

涸沢カールをしばらく歩き、ようやく涸沢小屋に到着した。こざっぱりと片付いた小屋で、手拭いを頭に巻いた山小屋の管理人が大部屋に案内してくれた。妻と私は当日の布団を確保し、疲れた体を癒すべく一服した後、風呂に入ろうと思った。石鹸とタオルを手にして「風呂はどこですか」とガイドに尋ねると、「ここは山小屋なので、風呂は無いのがあたり前だ」と言う。全く予想もしていなかった返答だった。以前、八ヶ岳の麦草ヒュッテで気持ちの良い風呂に入ったので、涸沢小屋でも当然風呂に入れると思い、石鹸など洗面用具をリュックの中に詰め込んできたのである。そんなはずはないと言っても後の祭りで、持ってきたのは骨折り損であった。険しい山中にあるここは、国道沿いの麦草ヒュッテとは違うのだ。もっと無駄骨だったのは、道中の食料として重い缶詰まで運んできたことであった。テント泊で自炊をするなら必要だったかもしれないが、山小屋では食事が出され、翌日の昼食の弁当まで用意してくれるので、缶詰を開ける機会はまったくなかった。

上野の山にある西郷隆盛像などを制作した明治期の代表的な彫刻家、高村光雲に無駄骨について記した文章がある。シカゴ万国博覧会に出品した名作「老猿」を彫る原材に栃の木を選んだ時の話だ。山から下ろす際に丸太のままで運べばいいのに、知らずに縦に二つに割ってかまぼこ型にしたため、大変苦労して下ろさざるを得なくなったという。「またわれわれにもこういうことに経験があったら、前に注意をして置けばよかったのに、経験のないため、飛んだ無駄骨を折ることになりました」と書いている。

私たちが無駄骨を折って持ってきた洗面用具も缶詰も、ここでは無用であった。登山前にもう少し山小屋について調べておけば、そんな無駄骨を折らずに済んだだろう。この経験は我々に、登山ルートや山小屋について事前に調べることの重要性を学ばせてくれた。以降、妻は旅行するたびに念入りな下準備をするようになったのだ。その入念な準備で助けられたことが何度もあった。まさに、失敗は成功の母である。

# 第三章　妻の人柄

# シャイ　照れる

## 「私が日本に来て最初に感じた言葉は『シャイ』です」

（ジネストほか『「ユマニチュード」という革命』より）

「咲ちゃんは写真に写るのを嫌がって、山での集合写真になると、いつもスーっといなくなってしまう」と妻の従妹に話したところ、「お姉さんはシャイだから」とすかさず言った。従妹は、妻を実の姉のように慕い自分の進学や子育てのことなどをしょっちゅう相談しており、付き合いが深かった。また、気心が知れた友人の手紙にも、妻は「シャイであった」と書かれていた。生活を共にする中で、妻には積極性もあり、それほどシャイな性格であるとは思っていなかったので、私は少し意外に感じた。

シャイな性格というのは、妻のみならず多くの日本人に当てはまるようである。認知症

「まだですか」と何度も登ることを中断しかけた男性が、疲れた顔をしていたが、意外にも「私も奥穂高岳に登ります」と宣言した。妻は、あの男性が登るなら自分も奥穂高岳に登頂出来ないことはなさそうだと、とっさに判断した。頑張り屋の妻は、登頂を諦めず「私も登る」と言いだした。妻は穂高岳山荘の中で温まったせいか唇の紫色は取れていたが、妻の指はまだ冷たく、体の疲れは残っていたはずだ。それでも「私は大丈夫」と言い張るので、私たちも登頂することを決めた。私は内心、妻の決断に不安を持ち、無理なら途中で引き返すことを覚悟のうえで、サポートしながら登ることを決め、登頂を開始した。

人の決断は他人に影響されることも多い。私たち二人だけの登山なら、恐らく登頂を中止しただろう。しかし、私たちよりだいぶ高齢で体力が無さそうな仲間が登頂を決意したので、三十歳代の若い私たちも負けてはならじと触発され、登頂を決断したのである。

山荘を出ると、すぐに梯子と鎖のかかる急峻な岩壁にとりついた。岩場ばかりでなく、梯子や鎖場も私たちにとっては初めての経験であった。雨が降っていなければ、かなり高度感のある急斜面で、下を見れば真下に山荘が見えて、恐怖感を覚え、脚がすくむところである。しかし、下が見えないことを幸いに、上と前だけを見ながら無我夢中で岩稜の急斜面を登った。しばらくすると少し緩やかな斜面に出たので、ほっと胸を撫でおろし、小雨の中、約五十分程度坂道を歩き頂上に着いた。

奥穂高岳の頂上には、道標となる石を積み上げた高い大きなケルンがあった。ここまで登頂できたのは、妻の頑張りが大きかった。それと、雨で視界がきかない天候も味方したのだろう。周囲が見えにくいため、梯子の高さも登山道の勾配も分からず、高度感さえ感じなかった。もし、天候がよければ、下を向くと遠くに涸沢カールが見え、その高度感に恐怖を抱き足が震え、前に進むことが出来なかったかもしれない。数年前、ずぶの初心者の私たちが鳥海山に登ったときのようであった。奥穂高岳からの大展望は得られなかったが、雨で周囲が見えなかったのも悪いことばかりではなかったようだ。私たちのふだんの生活でも、上や下が見え過ぎると、諦めや向上心の欠如が先にたち、その場所で歩みを止めてしまい、前進できなくなることも多い。

　降り続く雨も良いことばかりもたらしたわけではなく、私たちは奥穂高岳山頂で雨に濡れながら、みじめな昼食をとることになった。寒さの中でリュックから冷たい弁当を取り出し、冷たい岩に座り、雨の中で弁当を食べはじめた。昨夜作ったものと思われる弁当のご飯は乾いて固く、箸で取るとぽろぽろ落ちてしまった。殆ど食欲がわかず、単に胃の中にご飯を押し込むだけであった。妻は二口、三口箸を付けただけであった。一方、ガイドの二人は登山用ガスバーナーのコンロでお湯を沸かし、インスタントラーメンに注いで、美味しそうに温かい麺を啜り、スープを飲んでいた。どちらも贅沢な食材ではないが、雨の寒空には天と地ほど違う昼食であった。「あの人たちはいいわね」と妻は羨望の眼差しを向け、重い缶詰を持ってきた私たちと軽いガスバーナーのコンロを持ってきたガイドの準備の違いを痛感した。そして、山から戻ると、早速、登山用具の整備を始めたのである。

世界初の五大陸最高峰登頂者、植村直己は、どんな事態に直面してもあきらめないこと、結局、私のしたことは、それだけのことだったのかもしれないと述べていた。彼の言う「それだけ」は「それがすべて」であると私たちは感じた。諦めないことこそが、登頂の成功と冒険からの帰還を成し遂げるのだ。

奥穂高岳の山行は雨で全く見晴らしがなく、初体験の岩場、梯子、鎖場がある過酷な山行だったが、私たちは「日本第三位の標高を誇る北アルプス奥穂高岳に、難行苦行の末、登頂することができた」との自信と満足感を抱くことができたのだった。

参考文献

『北極点グリーンランド単独行』植村直己著　文春文庫　一九八二年

# 空木岳は好き、尾瀬は好みではない

「その過程が苦しければ苦しいだけ、それを克服して登りきった喜びは大きい」
（植村直己『青春を山に賭けて』より）

「空木岳は好き、尾瀬は好みではない」という妻の言葉に、日頃は自分の好き嫌いを言わない彼女の性格を垣間見ることができた。
「空木」と書いて「うつぎ」と読む。空木岳は深田久弥の選んだ日本百名山の一つであり、中央アルプスの南にそびえている。深田久弥は名著『日本百名山』中に「登山者というロマンティストは美しい山の名に惹《ひ》かれる。心の中に、まだ訪れたことのない、しかしその美しい名前だけは深く刻みこまれている、幾つかの山を持っているものだ。私にとって、空木岳はその一つであった」と書いている。空木岳の名は頂上近くのカールの残雪の形がウツギの花に似ていることに由来しているらしい。しかし、私たちはウツギの花がどのような花か知らず、図鑑で調べても残雪との相似性が分からなかった。

空木岳登頂より十二年前の一九九五年に、木々の葉が黄色や赤に色づく頃、私たちは中央アルプス宝剣岳と木曽駒ヶ岳を目指した。なだらかな頂上を持つ木曽駒ヶ岳には難なく登頂できた。山頂から南を見ると、鋭い岩峰の宝剣岳の右に大きな山塊が二つ見えたが、その一つが空木岳だった。

深田久弥の記述に誘われ、美しい名前の空木岳に登ろうと、まずはツアー登山に応募したのだが、実際に登頂するまでは平坦な道ではなかった。中央アルプスは北アルプス、南アルプスに較べると地味な山容で高度が三〇〇〇メートルに満たないためなのか、人気はいま一つで、登山ツアー客が集まらず、不催行となった。そこで二年後、再挑戦を試みた。ついにツアーに参加することができた。

中央アルプスの一般の登山口は、標高二六一二メートルの千畳敷カールである。そこまでロープウェイで運んでくれる。ロープウェイの山麓駅しらび平（一六六二メートル）までは、雨と風の中バスで何とか到着した。このロープウェイは標高差が約一〇〇〇メートルあり、日本一の高低差で知られている。しらび平の駅に着くとたくさんの学生が駅周辺にたむろしていた。低気圧の通過による強風であいにくロープウェイが運行停止となっていたのだ。

学生たちは千畳敷カールを散策するため来たらしいが、運行停止を知ると、さっさと帰ってしまった。私たちはここまで来て、登頂を断念せざるを得ないのではと落胆した。しかし、諦めずにしばらく搭乗口で待っていたところ、折良く風が収まり、ロープウェイが再開となった。これ幸いとロープウェイに乗り込み、終着駅の「ホテル千畳敷」に、予定より遅れて投宿した。

翌日は快晴ではないものの風雨が収まり、空木岳に向かった。中央アルプスの緩やかな、しかし数多くのアップダウンが続く尾根道を歩き、木曽殿越にある二日目の宿「木曽殿山荘」へと急坂を下った。この鞍部は鎌倉時代の始まりを告げる源氏と平家との戦いで、木曽（源）義仲がここを通過したとの言いつたえがあり、木曽殿越と呼ばれている。その真偽はわからないが、私たちは歴史に思いを馳せながら、山荘で長い尾根道を歩いた疲れを癒した。

一泊した翌日、私たちは空木岳の山頂を目指した。空木岳の山頂直下には急峻な岩場があった。最初は躊躇したが、足と腕を使った三点確保を行いながら、ようやく登り切り、山頂に到達した。山頂では感動的な三六〇度の大眺望がえられ、昨日歩いてきた登山道を振り返ると、尾根の向こうに檜尾岳、宝剣山、木曽駒ヶ岳、南にはどっしりした南駒ヶ岳、遠く東側には南アルプスの峰々、北には乗鞍岳、はるか遠く北アルプスまで一望できた。

私たちはしばし、山頂で至福の時間を過ごした。

　アップダウンの多い尾根道と、かなり苦労すると思われた岩場を登りきった空木岳は、妻に心地よい達成感を与えたようだった。そして、頂上でのここでしか見られない壮大な展望は、大自然の魅力で私たちを惹きつけた。山頂からの下りは、大地獄や小地獄などの痩せ尾根や、鎖場や梯子を使って降りる変化に富んだ下山であった。

　空木岳登山の一年後、私たちは名曲「夏の思い出」にも歌われている本州最大の高層湿原（泥炭が多量に蓄積されて周囲よりも高くなったために地下水では涵養されず、雨水のみで維持されている貧栄養な湿原）の尾瀬を歩いた。尾瀬は、春のミズバショウやリュウキンカ、夏のニッコウキスゲ、ヒメアヤメ、ワタスゲ、湿原の泥炭層にできる沼（池塘）の中にヒツジグサやオゼコウホネ、秋にはサワギキョウ、エゾリンドウなど、尾瀬を歩くと色や大小とりどりの花が私たちを楽しませてくれる。

　しかし、山歩きについて言えば、尾瀬ヶ原は起伏のない木道（木の板を敷いた歩道）をひたすら苦労なく歩くだけなので、花がなければ単調そのものである。労苦は伴わないが、どこにゴールがあるかわからない。起伏にとみ、時には険しい岩場などの危険が待ちうけている空木岳の山道に較べ、ただひたすらフラットな道を歩き続ける尾瀬は、退屈で味気ないと、妻は感じたに違いない。

「空木岳は好き、尾瀬は好みではない」と漏らした妻の言葉を私なりに解釈すると、自分の生き方を振りかえっているようだった。苦労の末に空木岳に登頂できたことは、妻がこれまでに生きてきた足跡に似ており、いつくしみを感じ、一方、目標がなく楽に歩くことが出来る尾瀬ヶ原は面白みがないと、妻は感じたのだろう。

尾瀬について、ここで少し弁明したい。草紅葉の尾瀬に行こうと妻を誘ったとき、「尾瀬はね」と快い返事ではなかった。「尾瀬はあまり好きではない」と言っていたことを思い出した。しかし、妻が嫌ったのは尾瀬の自然ではなく単調な木道歩きだったのであろう。

私たちが山登りを続けることが出来た理由の一つは、実は尾瀬の周遊であった。近場の奥武蔵でのハイキングを始めた頃、遠出のハイキングもしようと思い立ち、夏休み直前の七月初旬、福島県の沼山峠から尾瀬沼に入った。沼山峠から大江湿原まで、なだらかな下り坂の山道を三十分程度歩いた。そこで出会ったのは、山吹色をしたニッコウキスゲが湿原一面を絨毯のように咲き誇る、まさに、この世とは思えないような天上の花園であった。その光景に私たちは鮮烈な印象を受けた。後日、本を読んで驚いたことに、湿原一面に咲き誇った、真黄色のニッコウキスゲは朝開いて夜しぼむ「一日花」だったのだ。栄養素が少ない尾瀬の湿原で毎日毎日、しぼんでは咲く生命力に、私たちは深い感銘を受けた。大自然が生み出す鮮やかな色のキャンバスと命の息吹に触れることができたからだ。この体験があったからこそ、山へ行くことを続けられたのだろう。

最近、尾瀬のニッコウキスゲはシカの食害にあってめっぽう減っていると聞く。寂しい限りである。しかし、尾瀬の自然生態系を破壊しないよう、シカが増えても捕獲はしないそうだ。ニッコウキスゲが減って花を鑑賞できないと騒ぐのは、人間の思い上がりなのだろう。

尾瀬沼の周囲の木道に沿って見られるワタスゲも、丈が低く、白い綿毛が美しい。そのひっそりとした佇まいが、ニッコウキスゲとはまた違ったかたちで私たちの心を揺さぶった。私たちが山に行く理由は健康や達成感を得るためだけでなく、高山植物に出会うという密かな楽しみにもあった。

しかし、空木岳のような険しい岩稜のルートでも一歩一歩厭わず登っていけば、いつの間にか輝く頂上に登っている。妻はその愉しみを、より一層味わった。

参考文献

『青春を山に賭けて』植村直己著　文春文庫　一九七七年
『日本百名山』深田久弥著　新潮文庫　一九七八年

## 幻の御来光（槍ヶ岳）

「すべての日の出が希望をもたらすように、すべての日の入りが平和をもたらすように」

（作者不詳）

御来光とは、山上で仰ぐ日の出のことである。遥か彼方の地平線より太陽が顔を出すと、ゆっくり、ゆっくり上がり、その全体が現れるや否や、数本から十数本の細い光の矢が太陽周囲から発せられる。あたかも、お釈迦様が光を背負って死者を極楽へと迎えにくる「来迎」のようであるということから、御来光と呼んでいる。苦労して登った山頂で仰ぐ日の出は、見る者すべてに強い感動とスピリチュアルなエネルギーを与えてくれる。

北アルプスの名峰、槍ヶ岳は、鋭い槍の穂先を天に突きだしたような山容により名付けられた。日本人なら山好きでなくとも、その名前が記憶の片隅に残っているはずだ。ピラミッド型の山容が、スイス・アルプスのマッターホルンに似ていることから、「日本のマッターホルン」とも称されている。日本アルプスの中では、峻厳な岩峰の穂高岳と並んで最も存在感のある山だ。標高は三一八〇メートル、日本で五位の高峰でもある。

「アルプス一万尺　小槍《こやり》の上で　アルペン踊りを　さあ踊りましょ」（アメリカの民謡　作詞不詳）との歌詞は、年配の日本人なら一度は歌ったことのある、懐かしい童謡「アルプス一万尺」である。アメリカの愛唱歌「ヤンキードゥードゥル」の旋律に日本語の歌詞をのせたものだ。「小槍」というのは槍ヶ岳の本峰の横にそびえる岩峰で、標高三〇三〇メートル。一尺が三〇・三センチなので、ぴったり「一万尺」となる。標高三〇三〇メートルの頂上は夏でも天から涼しい風が吹き、下界の蒸し暑さを忘れ、天上の楽園を思わせるという。しかし、小槍の頂上は二人がやっと立つことの出来る広さしかないので、アルペン踊りとはどのようなものか分からないが、そこで踊るとなれば、涼しさを通り越して冷や汗びっしょりではないか。

槍ヶ岳の初登頂者は、越中（富山県）生まれの僧侶だった。山は古来より神聖視され、山岳信仰の対象でもあったため、日本の多くの山で僧侶が初登頂者だったとされている。険しさゆえに、明治時代に入っても前人未踏といわれていた立山連峰の剱岳さえ、実は千年以上前に山岳信仰の修験者が登頂していたという話だ。

越中の僧、播隆上人が槍ヶ岳の南西に位置する笠ヶ岳に登ったときに、その頂上から槍ヶ岳の神々しい姿を望んで心を打たれ、槍登頂の大願を起こしたという。その登頂は困難をきわめ、数回の試みの末、一八二八年に初めて頂上を踏んだ。槍ヶ岳の命名者は不詳だが、世界にMt. Yariとして紹介したのは、日本アルプスを世界に広めたイギリスの宣教師、ウォルター・ウェストンである。ウェストンは日本近代登山の父と呼ばれ、毎年六月に彼の功績を称え、上高地でウェストン祭が開催されている。

槍ヶ岳への登頂は、一般ルートとは別に登攀が困難なバリエーションルートがあり、北鎌尾根は最難関のルートである。ここで多くの登山家が命を落とした。一九四九年、冬の北鎌尾根で衰弱した友人を見捨てることができなかった松濤明《まつなみ》は、「サイゴマデ　タタカフモイノチ　友ノ辺ニ　スツルモイノチ　共ニユク」との遺書を残し、一緒に凍死した。当時、それを知った日本中の人々が深い悲しみに包まれ、山男の厚い友情に感動したという。松濤明の死は、遭難に友情と恋愛の確執などを絡め、幾多の山岳小説のモデルとなった。

一九八三年、八月末に短期間の夏休みを取り、岐阜県の奥飛騨温泉郷へ車で向かった。奥飛騨温泉郷は大自然の懐に抱かれた、郷愁を誘う温泉郷であり、当時はひなびていたが、露天風呂天国として少しずつ知られていた。お盆の繁忙期を過ぎ、ほとんどの旅館は従業員の休養のため、休みのようだった。予約をしていなかった私たちは、営業中の宿がなく、がっかりしながら最奥の新穂高温泉から戻ってきた。すると途中で、古民家作りの一軒宿を車窓から見つけ、営業しているようだったので、玄関で一晩の宿泊を頼んだ。これが、槍ヶ岳と私たちの最初の出会いとなったのである。

宿の名前は「槍見館」といい、客は私たち夫婦だけだった。もったいないと思いつつも、宿のお風呂を独り占めにすることが出来た。河原にある露天風呂に行き、空を見上げると、山には素人だった当時の私たちでさえ見間違えようもない、槍の形の穂先が屹立していた。思わず「あれが槍ヶ岳だ」と同時に感嘆の声を上げた。ただ、その時はまだ、それほど登山やハイキングを行っておらず、播隆上人のように槍の穂先を極めようとは夢想だにしなかった。私たちが恐る恐る奥穂高に登ったのは一九九二年であり、その五年後、すなわち私たちが初めて槍ヶ岳を見てから十四年後にようやく岳人《がくしん》憧れの槍ヶ岳に挑戦したのである。

一九九七年七月、松本からバスに乗り、槍・穂高連峰の登山口である上高地に昼前に着いた。ここから約三時間、平坦な山道をゆったりした足取りで横尾山荘まで歩いた。横尾山荘は槍ヶ岳、穂高岳、蝶ヶ岳、常念岳の分岐点にある山荘で、山小屋にしては大きく二百五十名収容できる。その当日はこの横尾山荘で一泊した。小さな山小屋では男性も女性も一つの部屋に詰めこまれてしまうが、大きい山小屋だと男性用と女性用が別になってお り、女性たちも男性に気兼ねなく、部屋でリラックスできる。この男女別々の部屋が、こ の項のタイトルにした「幻の御来光」とつながるとは、このとき思ってもみなかった。

横尾山荘から梓川の沢に沿って歩く。川の流れが狭くなると、道は急峻になってくる。途中で播隆上人が登山のベースにしていたという二つの岩窟を通過し、登山をする者にとって憧れの槍ヶ岳の山頂に挑戦するという高揚感を抱きながら、ゴロゴロとした足場の悪い登山道を一歩一歩登って行った。やがて、それほどの疲れもなく、山頂直下の槍ヶ岳山荘に着いた。槍ヶ岳山荘は六百五十人ほどが収容できる巨大な山荘である。妻は女性用、私は男性用と、別々の部屋に案内された。

私は疲れた体を横たえ早めに寝た。翌朝早く私が起きて登頂の準備をしていると、妻は「なんで御来光を見に外に出なかったの？ 素晴らしかったのに」と残念がった。その朝は前日の曇天が一変し、山頂は晴れていた。山小屋の外に出た妻は、神々しい御来光を仰ぐことができたのだ。「大きな黄色の太陽が少しずつ少しずつ東の山から上り、四方に光の矢を放つようになって、まるで仏さまが四方に光を放つようだった」と、興奮して説明してくれた。都会では到底、体験できない荘厳な景観であったのだろう。妻はよほど感動したのか、「なぜ小屋から出なかったのか」と何度も私にたずねた。男性の多くは私と同様、御来光を見に行くどころか、まだ寝ていた。女性のほうが、何事にも積極的である。

山で観る荘厳な日の出は別格で、私たちに希望と勇気を与えてくれる。しかし、都会のビルの谷間から観る日の出も私たちに、間違いなく希望をもたらしてくれる気がする。

朝食後、私たちは梯子や鎖を使う岩場を経て、槍の山頂に向かった。すでに穂高岳で梯子や鎖で登る体験をしていたので、思っていたほど苦労もせず槍ヶ岳の山頂を踏むことができた。槍ヶ岳の山頂からの眺めは三六〇度の大展望で、山の名前を割り出す「山座同定」に困るほど、いろいろな山が見えた。槍ヶ岳山頂は小槍より広く、十畳程度であり、この広さならアルペン踊りも可能であろう。

山小屋に連泊するのは、奥穂高岳、白馬岳を入れると、これで三回目であった。白馬岳の時も穂高岳と同様に雨にあい、御来光はおろか、風雨のために縦走できずにルートを変更し、せっかく登ってきた白馬の雪渓を降りなければならなかった。槍ヶ岳で荘厳な御来光を山頂で拝むことができたこと、岩稜に設置された鎖場や梯子をすんなり通過できたことで、妻は山登りの自信がつき、山の楽しみをより深めたようであった。山への憧憬は、槍ヶ岳登山を起点として急速に増したようにも思えた。日頃、破壊性関節症で苦しんでいる妻の気分転換と体力増進のために、できるだけ野外に連れ出し一緒に歩き続けてきた甲斐があったと、私は思った。私にとっては幻の御来光であったが、それ以上に妻が喜んでくれたことが嬉しかった。

参考文献

『新編・風雪のビヴァーク』松濤明著　ヤマケイ文庫　二〇一〇年

金田紗綾「《アルプス一万尺》の原点とその変容」東京音楽大学大学院博士後期課程博士共同研究A　二〇一八年度報告書《モデルと変容》

# 第五章　妻の晩秋

## 人生は帳尻が合う

「何かを得れば何かを失う、何かを失えば何かを得る」

（美輪明宏『ああ正負の法則』より）

人生はプラスマイナスゼロなので、最終的に帳尻が合う（つり合いが取れる）ようにできている、とはよく言われることである。一度動いた振り子は、支点を中心に左右に振れ続け、それはいつしかゼロに戻ろうとする。

人が生まれたときに振れ始めた振り子も、喜びや悲しみ、怒りや笑い、楽しみや苦しみという両端を行き来して人生は展開する。どんなに恵まれているように見える人生であっても、どんなに悲惨に見える人生でも、すべてはプラスマイナスゼロで終わるのだ。確実に言えるのは、不幸だけしかない人生、幸福だけしかない人生などあり得ないということだろう。

人生、何かを失えば何かを手に入れる。人生の前半で苦労したら人生の後半で楽ができる。一方、人生の前半が楽だったら人生の後半で苦労する。そして最後には相殺される。妻もまた、そのような人生を送ったように思う。

五十歳代の後半になった頃から、妻は「今まで何でもやらせてもらい、幸せだったから、老後は悲惨になるわよ。人生は帳尻が合うようにできているから」と言っていた。若い時に、生年月日から運命を占う算命学をかじった義母から「あなたの老後は悲惨になるわよ」と言われたらしい。算命学上、妻が生まれた年の運勢は「吉凶が両極端に現れる人生となりがちである」と出ており、それを知った義母は「今は本当に幸福そうだけれど、老後は気を付けなさい」という意味で伝えたようだ。

「あなたの老後は悲惨になるなんて、親が子に言うことではないわね。ひどいことを言ったものだわ、呪いの言葉よ」と妻は屈託なく話していたが、思い出したくない記憶の一つでもあったようだ。

私たちは一九七五年に、妻が二十三歳の時結婚した。挙式の後、海外旅行の初心者が回るトラディショナルなコースである、ロンドン、パリ、ローマを訪ねる新婚旅行に出かけた。ヨーロッパ三大都市のすべてが新鮮で、ヨーロッパ千年の歴史の重さを実感させられた。

その後も妻は、私の留学や国際学会や研究会などに同行し、習慣、宗教、歴史の異なる国々を訪れた。そうした旅行の際は、ほとんど妻が綿密な計画を策定した。

一九八三年に共産党政権下の旧ソ連で学会があった時には、当時の社会体制を反映していたせいか、夏にもかかわらずモスクワの街はどんよりと暗く感じられた。学会場は近代化されておらず、効率も悪かった。たった一台のコンピュータの前に学会登録を行おうとする医師が十人以上列をなしていた。ホテルの食事に出されるコーヒーは、粉末の入ったスティック状のインスタントコーヒーで、妻が好きな生野菜も少なかった。まさに、灰色で暗さや寂しさを感じさせるような学会であった。

しかし、そのモスクワからレニングラード(現在のサンクトペテルブルク)に行き、世界三大美術館の一つ、エルミタージュ美術館で世界屈指の絢爛たる名画を鑑賞することができた。すでに三大美術館のうち二つ、パリのルーブル美術館とニューヨークのメトロポリタン美術館には行ったことがあったが、エルミタージュ美術館は訪問客が少なかったせいか、あるいは宮殿内の装飾が素晴らしかったからか、一番落ち着いて楽しむことができた。エルミタージュ美術館にはルノワール、モネ、ゴッホ、ゴーギャンの作品を含むフランスの印象派、ポスト印象派、新古典主義、マチス、ピカソをはじめとする現代美術の傑作が展示されている。歴史に詳しい妻は、「この中には第二次世界大戦の戦勝国ソ連が戦利品としてドイツから持ち込んだ絵もあるのよ」と私に教えてくれた。

隣国フィンランドのヘルシンキに移動すると、モスクワより緯度が高いにもかかわらず、街中が明るく、豊富な花々や新鮮な野菜、そして煎りたてのコーヒーと市民たちの素敵な笑顔に迎えられた。自由が制限されたモノトーンの国家主義の世界と、色調に溢れた国民中心の自由主義世界の大きな違いは、私たちに強い印象を残した。

妻は特別な信仰を持っていたわけではない。しかし、世界各地を訪問すると必ず、妻は宗教に関係する歴史の足跡に触れ、宗教建築や絵画や音楽などの芸術を鑑賞した。どのような宗教にせよ、宗教はそれぞれの国の文化の基層を成している。妻は宗教芸術や建築に触れることにより、その宗教の根幹を知ることができるのではないかと考えていた。

スペインの南部セビリアで学会が開催された時は、マドリッド郊外のトレドを訪問したいと、わざわざマドリッドに数泊した。トレドはキリスト教・イスラム教・ユダヤ教の文化が交錯した地であり「町全体が博物館」と言われている。中世の雰囲気を色濃く残した街並みと歴史的建造物に触れることができた。日本でいえば金沢や飛騨高山などの歴史ある「小京都」に近い雰囲気だろうか。そして、待望のエル・グレコの宗教画を間近で鑑賞することができた。

その後もイスラム教の影響を受けた街と建物に興味を持ち、「世界で最も美しいモスク

（イスラム教の礼拝堂）」と言われるイスタンブールのブルーモスクや、イスラム建築の最高峰と名高いグラナダのアルハンブラ宮殿のパティオ（中庭）を訪問し、教会に尖塔が建つキリスト教とは異なるイスラムの建築様式に触れた。ブルー（青）は妻の好みの色の一つだったので、イスタンブールに行ったときは、日本出発前から首っ引きで下調べをしていた。話はかわるが、妻の着物はブルー系が多いのを思い出した。

ユダヤ教の聖地エルサレムでは、ユダヤ人たちが、嘆きの壁に向い、立って祈りを捧げていた。エルサレムはキリスト教、イスラム教双方の聖地でもあり、その狭い聖地を守るため、長い間宗教的な小競り合いがくりひろげられた。よく知られている十字軍の遠征もキリスト教徒によるエルサレム奪還のための闘いであった。

イタリアは妻が大好きな国だ。歴史、芸術、自然の三拍子がそろっている。古代（ギリシャ、ローマ）の古典的文化を復興しようとする文化運動、すなわちルネサンスの中心地だったフィレンツェ。そこでは、レオナルド・ダ・ヴィンチ、ミケランジェロなどの圧倒的な芸術作品を鑑賞できた。ローマ帝国以来の首都ローマ、アドリア海に浮かぶ水の都ベネチア、映画「ゴッドファーザー」とギリシャ時代からの要衝の地で有名な島シチリアのタオルミナなどを訪問した。ローマ市内にあるカトリックの総本山バチカンは、世界で最も小さい独立国である。その面積は東京ディズニーランドより狭い。妻は「宗教の本山が国家として世界中から認められているのはすごいわね」と宗教の底力に感心していた。

　妻の関心は遺跡をめぐる旅のみならず、自然が織りなす景観とその背景にも向けられた。真っ赤なマグマが垣間見えるイタリアのエトナ火山では地球の成り立ちを、ヴェスヴィオ火山噴火で廃墟となったポンペイの遺跡では大自然の脅威に感嘆した。気温が高いため水分蒸発が雨による供給を上回り、塩分が濃縮された、イスラエルとヨルダンにまたがる死海（塩分濃度三三パーセント）では周囲に緑もなく近未来の地球の荒廃を感じさせた。

　六十歳代に入った頃から妻の振り子は大きく反対方向に揺れ始め、病気による入退院が多くなったようだ。「禍福は糾える縄のごとし」という諺どおり、幸福と不幸は、より合わせた縄のように交互にやってくるということだろう。作家で尼僧の瀬戸内寂聴が高齢になり我慢できないほどの腰痛で、半年間起き上がれなくなり、人生良い事ばかりではない、良い事も悪いこともおんなじくらいある、と言っていたのを思い出した。

　それまで健康で、北アルプスの穂高岳や槍ヶ岳、南アルプスの北岳などの山々を登っていたのに、持病の破壊性関節症による痛みが年とともに強くなり、六十歳前後には、二度の脊椎圧迫骨折を経験した。六十歳で心臓の不整脈により入院し、六十二歳で失神発作を起こして入院、そこで食道がんが発見される。翌年には頭蓋底腫瘍も併発した。妻の晩年は病気ばかりで辛いことが多かった。

妻の人生は、前半が良く後半は苦労し、人生全体としてはプラスマイナスゼロであったのかもしれない。自分の不幸を嘆くのではなく「人生の帳尻が合う」と考え、長い老後に抱えざるを得ない病気や体の不自由を受け入れればよい。そんな心構えを私は妻の晩年から学んだ。

参考文献

『ああ正負の法則』美輪明宏著　パルコ　二〇〇二年

## 早く逝ったほうが勝ち

### 長生きが幸せの時代は終わった

京セラの名誉会長、ＫＤＤＩ最高顧問やＪＡＬ会長を歴任した稲盛和夫と作家の瀬戸内寂聴の対談集『利他』の中にこんなエピソードがあった。稲盛家では介護をテーマとするＴＶ番組を観ると、長生きしたら相手の介護で悲惨な状況になるかもしれないと考え、「おまえは俺より早く逝くなよ」「いえいえ、あなたのほうが長生きしてください」と言い合いになると書かれていた。

私たち夫婦も「早く逝ったほうが勝ちよ」と、同じようなことを冗談めかして話していたのを思い出した。妻がいつも最初に切り出し、「いや、私が先だ」などと言いあっていたものの、お互いが元気な時に、私はどれだけ介護の厳しさを認識していただろうか。妻の方が、日頃新聞やテレビを通じて、介護の苛酷さを見聞きしていたに違いない。

最近のことだが、友人から大変衝撃的な話を聞いた。イタリア在住の九十二歳の日本人男性が三歳年下の妻を殺害し、さらに後を追って自死を遂げたというのである。男性の妻は二年ほど前に脳梗塞で倒れ、寝たきりになってしまい、介護を受けざるを得なくなっていた。男性は雇った訪問看護人（ホームヘルパー）と一緒に妻を介護していたが、ヘルパーは夜になると帰ってしまう。床ずれを予防するため、夜間には男性が一人で妻の体の向きなどを変えていた。ところが、そのヘルパーが新型コロナ感染症に罹り、突然、介護に来られなくなってしまった。すぐには代わりが見つからず、数日間は男性が一人で介護を行っていたが、疲れと将来の不安に苛まれて精神的に追い込まれ、ついには痛ましい結末を迎えたものらしい。この九十二歳の夫は、私の友人の知り合いであった。

その数日後、NHKで、七十九歳の妻を車いすごと海に突き落とし殺した八十一歳の夫が、殺人容疑で逮捕されたという痛ましいニュースが放映された。その夫は「四十年間昼夜の介護で疲れた」と供述しているそうだ。

こうした出来事は、私に老老介護の凄まじさを教えてくれた。実際に同じような悲劇が毎年繰り返されている。急速な高齢化に伴い、六十五歳以上の要介護者は六百三十万人（二〇一七年、厚生労働省の発表）おり、在宅介護のうち、お互いが六十五歳以上の老老介護の割合は五九・七パーセント（二〇一九年、国民生活基礎調査）にも及んでいる。老老介護は介護する側の体力も低下しているので肉体的負担が大きく、日々の介護によるストレスで精神的にも追いつめられてしまう。活動範囲が狭くなり家に籠りがちになるため、社会的な繋がりも断たれ、孤独感に苛まれる。さらに経済的な負担ものしかかるので「介護うつ」になり、解決法が見つからないと悪化してしまう。こうしたことが積み重なると、介護していた伴侶を殺害し、後を追って自死に至る惨事となるケースが出て来ても不思議ではない。一方、自死を試みたが、死にきれないこともある。その場合は殺人罪で裁判にかけられてしまうが、それ以前に、一生その咎《とが》を負って生きてゆくことになる。

このような状況を反映し、警察庁が毎年発刊する「自殺の概要（現・自殺の情況）資料」には、二〇〇七年から自殺の原因として「介護・看病疲れ」が新たな項目として追加された。コロナ以前の話になるが、二〇〇七年から二〇二一年まで、日本の自死者が三七パーセントも減少しているのに拘わらず、二〇〇七年は二百六十五人だった介護・看病疲れによる死者は、二〇二一年は二百三十六人であり、ほんのわずかしか減少していない。介護疲れの悲劇があとを絶たないことを物語っている。

減少しない原因には、高額支出が必要となる病院での療養より介護施設へ、介護施設から自宅という、「介護の社会化」よりむしろ「介護の家族化」へと国が政策を誘導してきたのも一因となっている。家族に負担を強いる介護が増加しつつあるのだ。

国は近年、地域包括ケアというシステムを作り、行政でサポートしながら、家族による介護政策を推進しつつある。ただ、実態としては在宅での介護や医療的な処置を十分サポートできる充分な体制にあるとはいえない。介護および一部の「医療行為」を家族が担わなければならない状況に変わりはない。本来は「医療行為」である、カテーテルによる痰の吸引、鼻などにカテーテルを通して栄養分のある液体を流し込む経管栄養、カテーテルを使って尿を体外に排出する導尿などを、家族の手で行わざるを得ず、そのストレスは大きい。ホームヘルパーに来てもらえば、そのような手技を行ってくれるが、寝たきりで高度の介護を必要とする人でも、国からの介護保険による支給には限度がある。ホームヘルパーに二十四時間常駐の介護を依頼する場合は、公的支給だけでは賄えず、自己負担になってしまう。私の知人が短期間ながらヘルパーを二十四時間頼んだところ、病院の個室代金より高額になり驚いていた。

戦後生まれの約八百万人いる団塊世代が七十五歳以上の後期高齢者となる二〇二五年問題が、最近色々なところで取りあげられるようになった。二〇二五年には六十五歳以上の高齢者が総人口の三〇パーセント近くにもなり、日本は超高齢化社会を加速させ、医療や社会福祉に多大な影響が出ると言われている。例えば介護の世界では介護を受ける人が増大し、在宅介護や介護施設でも介護サービスが受けられない介護難民が二〇二五年には首都圏で十三万人、全国でも四十三万人にもなるらしい。このような時代になったら、老人はどのように生きればよいというのか。

私たち夫婦は、子供がいないという理由もあったが、介護施設の逼迫《ひっぱく》を見込み、いつでも介護が受けられる老人向け共同住宅に入る手続きを早めにして、六十歳代で入居してしまった。

私が住んでいる中央区の月島・勝どき付近では、介護付き老人施設やサービス付き高齢者用向け住宅が次々と建てられている。それだけ入居者の希望が多いのだろう。私の住んでいる介護付き有料老人ホームも、一時期二十人待ちのことがあった。「入居の競争が激しくなる前に入らないと」と、用心深い妻は先を見越していたのだ。

地方自治体や社会福祉法人が経営する特別養護老人施設（特養）は料金が安く、介護もしっかりしているので人気が高く、地域によっては現在でも入居するのに数年待つこともある。入居可能な地方の特養に入居せざるを得ない都市在住の老人も出て、介護難民が現実化している。

有料老人ホームや特養に入居できる人はまだ恵まれているのかもしれない。しかし、入居できても、年金は毎年減額になる一方で、医療費や介護保険料が高くなり、サービス利用料や施設利用料も増加しつつあるので、安閑としてはいられない。「長生きが幸せの時代は終わった」と主張する評論家もいる。

年を取るとともに、親しい人の名前が出ない。スマホや鍵をどこに置いたか覚えていない。約束の時間を忘れるなど物忘れが増える。お金の出し入れなど今まで日常普通にできたことが出来なくなると、焦燥感も出てくる。そのうち自分が今、何をしていたかも覚えておらず、「自分が誰だかわからない」という事態も起こりうる。認知症は、年齢と共に急激に増加するのだ。我が国は世界一の長寿国であり、認知症と共に生きる高齢者の人口は今後も増加し、二〇二五年には高齢者の五人に一人が認知症になるともいう、不安な時代を迎えている。さらに、我が国の死亡原因の約五割を占める悪性新生物（腫瘍）や心疾患、脳疾患も加齢と共に増加する。老人はいくつもの病気をもつ。私の知り合いなどは自嘲的に、自分は「病気のデパート」だと嘆くが、手に山盛りの薬を飲み、食欲がないとげっそりし、常に病気の不安を抱えて生きている。そうすると、長生きそのものが幸せをもたらすどころか「長生き地獄」でもある。

他方、歳をとるほど幸せ感が増すという調査もある。高齢になるほど前向きな感情が高まるらしい。長生きしたことで幸福を感じる人たちの多くは、加齢に伴う肉体的、精神的衰えが少なく、家族関係も豊かで、金銭的にもある程度恵まれた人たちであろう。

長生きが幸せか地獄かは、個々の人により異なる。ただ、老人に対する公的ならびに私的なケアがきめ細かく施され、将来の不安が払拭され、生きていることに充実感を持つことができれば「長生き地獄」という言葉も無くなるだろう。

「早く逝った方が勝ち」と言っていた妻は、最後の仕事として、私を介護付き老人ホームに入れた。「加齢とうまく付き合い、折り合いをつけて私の分まで生きてくださいね」と言っているようにも思える。そして、「お年寄りが介護地獄にならないような社会を作ってね」と願っているようでもあった。

参考文献

『「利他」人は人のために生きる』瀬戸内寂聴、稲盛和夫著　小学館　二〇一一年
『死ねない時代の哲学』村上陽一郎著　文春新書　二〇二〇年
『長生き地獄』松原惇子著　ＳＢ新書　二〇一七年
『平成二十九年就業構造基本調査　結果の概要』https://www.stat.go.jp/data/shugyou/2017/pdf/kgaiyou.pdf
『人生は80歳から　年をとるほど幸福になれる「老年的超越」の世界』広瀬信義著　毎日新聞出版　二〇一五年

# 悔恨

「人生何事かをなせば悔恨あり、何事をもなさざれば、これもまた悔恨」

（亀井勝一郎『愛と邂逅の発見　わが人生観2』より）

「そうだ　京都、行こう。」というJR東海のコマーシャルに使われたメッセージは、助詞を抜くことにより強力なキャッチフレーズとなって人気を博し、長年テレビでも放送されていた。その影響が続いているのか、新型コロナウイルスの流行で人の移動が制限されていた時でさえ、京都の観光地は常に多くの観光客で溢れていた。

妻は日頃、オペラ、バレエなどの観劇や古楽器の演奏会を聴きに私を連れ出したが、その他に「どこかに行きたい」と言うことはほとんどなかった。しかし、亡くなる前の年、珍しいことに「京都の桜を見てみたい。紅葉でもいいよ」と言った。妻は机の下の物を取ろうとして背骨を無理に曲げて、脊椎圧迫骨折を起こしてしまったのだが、その後数カ月間ベッドで安静にせねばならず、その時のことだった。

その前年、医局の秘書が京都に行ったとき、美しい春夏秋冬の風景写真を送ってきた。ベッド上で安静を強いられて退屈な妻は、それを思い出して京都に行きたいと考えたのだろうかと、最初は思った。しかし、妻の願いは、綺麗な京都の写真を見たからという以上に思い出があったのだ。

妻には中学・高校時代に親しくなった同級生の友人がいた。妻とは馬が合ったようで五十年近く交流が続いており、私にも「彼女は最近、勤め先の会社を変えたようよ」など、友人の近況や家族について、よく話を私にしてくれていた。

妻の葬儀の時、悼辞《とうじ》を読む人を二人と葬儀社から言われ、気心の知れた妻の友人を思い浮かべた。妻が持っていた住所録を探したが、連絡先が見つからない。そこで思い出したのが桜蔭学園の卒業アルバムだった。卒業して四十五年も経っているので、彼女がまだ同じ場所に住んでいるか不安はあった。きれいに保存されていたアルバムを開いて調べ、電話をしたところ、なんとその友人が出てくれた。妻が後押ししてくれたかのようだった。妻が亡くなったことを知らせ、悼辞をお願いした。友人は突然の訃報に驚いていたが、長年の友人として、妻のために悼辞を引き受けてくれた。

友人は悼辞で、妻は高校の修学旅行の時に体調不良で修学旅行に行きたくなかった、しかし、一緒に行きたいという友人のために、無理を押して旅行に行ったという話を披露してくれた。修学旅行先は京都だったのである。彼女は、悼辞の中で「大変思い出の多い、それは、それは楽しい旅だった」と述べていた。このような学生時代のエピソードがあったのかと、私は彼女の悼辞を聞いて初めて理解した。妻が京都に行きたいと言った背景には、友人と高校時代に歩いた京都をもう一度、一つ一つ確かめたいと考えたからに違いない。そして、大学卒業後、妻は大学の指導教授が推薦した島津製作所に就職するつもりで、入社試験を受けに京都まで出かけたが、帰宅途中で意識消失発作を起こしたことがあった。そのために京都での就職を断念したのだが、それも京都を訪ねたかった理由の一つかもしれない。

破壊性関節症という慢性疾患があるため、骨折後の妻は歩くことができず、筋力の低下（サルコペニア）が強くなった。これでは京都に行き、思い出の地を散策するのは無理かもしれない。妻の筋力アップのため、私たちは代々木公園でノルディック・ウォーキングをするようにした。五年前にそこで、ストックを両手に持ち、上半身の筋肉を使いながら歩くノルディック・ウォーキングの講習を受けたのだ。二人ともノルディック・ウォーキング用のポールは持っていなかったが、山で使う登山用ストックで充分代用できた。平地のウォーキングは山歩きほど脚力を必要としないので、「山を登るより楽よ」と言って、妻の体力でも何とか歩けるようになった。

公園周辺のランニングやノルディック・ウォーキング用のトレイルを一周してから、公園の中心を通る舗装された広い道を歩きはじめると、一メートルほどのロープの両端を互いに握り、視覚障害者が伴走者とゆっくり走っていた。視覚障害者のマラソンが、最近盛んになっているので、完走を目指して走っていたかもしれない。「伴走者の役割は視覚障害者を速く走らせるのではなく、安心して走らせることです」と、伴走者が言っていたことを思い出した。人生というマラソンを走る夫婦にとって、夫、妻のどちらが伴走者であっても、心に響く言葉であった。それを聞いたとき、妻は「確かにそうだわね、伴走者が大事なのよ」と私に話しかけた。言うまでもないが、伴走者として妻は完璧であった、と私は思っている。

ノルディック・ウォーキングで少し改善しかけたものの、妻の筋力の低下は続き、脊椎圧迫骨折による背中の痛みもあったので、結局、京都行きは断念した。しかし、たとえ京都で体力が尽きたとしても、まだ歩くことができる間に、一緒に京都に行ってやれば良かったと悔まれる。まさに、文芸評論家の亀井勝一郎によれば、人は何事かをなせば悔恨はつきまとう、そうかといって何事もなさざれば、これまた悔恨になるという。

妻がどこかに行きたいと自分から言い出すのは、大変稀なことだったのだ。せめて、亡くなる前に望んだ京都旅行を、私が伴走者となって、叶えてあげるべきであった。

参考文献
『愛と邂逅の発見　わが人生観2』亀井勝一郎著　大和書房　一九六八年

## 二人だけのお正月

「家庭の幸福。家庭の平和。人生の最高の栄冠。皮肉でも何でも無く、まさしく、うるわしい風景ではある」

（太宰治『桜桃・雪の夜の話』「家庭の幸福」より）

私が大学を定年退職した翌年、二〇一四年の年末に妻は珍しく「頭が痛いの」と訴えた。右の眉付近が薄紅色をし、腫脹《しゅちょう》していた。近くの病院でアレルギーと診断されたので、正直ほっとした。しかし、数日後、眼球が少し突出しているということで頭部ＣＴを撮ったところ、頭蓋底腫瘍が診断されたのはまさに青天の霹靂であった。腫瘍が良性か悪性か分からなかったので、妻を家に残し、大晦日の三十一日まで知り合いの脳外科や放射線の専門医にＣＴの画像を持っていき、相談した。そういういきさつで、例年になく慌ただしい年の暮れだった。

二〇一五年の元日は、二人で静かに自宅のマンションで正月を迎えた。これまで正月は私の故郷の二本松で母や弟夫婦と過ごしており、これが結婚後初めての二人きりの元旦であった。まさか、それが妻と共に過ごす最後の元旦になるとは思ってもみなかった。

妻は「目の奥の痛みがまだあるの」と言い、相変わらず頭痛が続いていた。しかし、我慢できる程度の痛みで、他に症状はなかった。

この年は、妻にとっては何十年振りに丸餅と、お澄ましの雑煮で祝った。食欲のない妻は丸餅を半分残したが、おいしそうに汁を飲みほし、ホッと一息ついた。結婚前、妻の実家では、元旦に関東では珍しい丸餅の雑煮を食べていた。さっぱりした澄まし汁で、お椀の具は柚子のみ。出汁をとる昆布が入っていた。妻の実家は関西風に丸餅を使っていた。

私と結婚し、正月を私の故郷の二本松で迎えるようになってから、慣れ親しんだ丸餅ではなく長方形の切り餅で、たくさんの具が入った雑煮を食べるようになった。最初のうち、妻は具の多い二本松の雑煮に戸惑っていたようだ。この年は子供の頃に長年親しんだ雑煮を作り、「懐かしい味ね」と食べていた。子供の時に食べた味は、いつになっても忘れないものだろう。
一、二年前から、妻は高校の修学旅行で行った京都を再び訪れたいと言っていた。しかし、失神発作や脊椎圧迫骨折などで健康状態が良くなかったために、京都行きは実現していなかった。そのことが心残りだったので、せめて正月には一緒に出掛けようと考え、妻の体力を考慮して、都内で喜びそうな場所を年末に探してみた。

三度の食事より音楽が大好きな妻のことを考え、大晦日のカウントダウンをするジルベスターコンサートへ行くことも計画した。オーケストラによる演奏が中心だが、バレエ、コーラス、オペラのアリアなども加わり、三十一日の深夜から年をまたいで元日の朝まで演奏が続く。新しい年を迎えるための華やかなコンサートである。妻はなにごとも華やかなものは好みでなかったが、以前からジルベスターコンサートには興味を持っていた。しかし、それまで年末年始は私の実家で過ごしていたので、行く機会がなかったのだ。そこで、今年はジルベスターコンサートに行こうと誘ったが、「深夜のコンサートは辛いわ」と言って妻は行くことを諦めた。今になって思えば、あの時ジルベスターコンサートを諦めたのは、妻の体調が悪いことを暗示したのだ。

ニューイヤーオペラコンサートは一月三日にNHKホールで催される。妻はCDでオペラを聴きながら仕事をするような、大のオペラファンであった。ニューイヤーオペラコンサートは夜七時開演なので、所沢や千葉ニュータウンに住んでいた時は、帰りが遅くなるので、聴きに行かなかった。しかし、私たちが文京区弥生に住むようになってから、妻は俄然、私をニューイヤーオペラコンサートに連れ出した。

この年はもうニューイヤーオペラコンサートのチケットが取れなかった。そこで、これまで二人とも行ったことのない場所で、楽に行けるところを探した。一月二日に東京二大タワー競演と銘打った「はとバスツアー」が催行されるのを知り、それに参加することにしたのである。東京タワーと電波塔としては世界一高いスカイツリーの両方に登るツアーは、「はとバス」でも一番の人気なのだそうだ。東京に何十年も住んでいたにもかかわらず、私たちにとっては初めての体験なのである。少し興奮し、遠足に行く子供のように前夜は寝つきが悪かった。

二つのタワーはあまりにも有名であり、私たちの住んでいる所からいつも見える存在である。おそらく今回のような機会がないかぎり、一生タワーの上まで登ることはないだろうと思った。妻にこのツアーを提案したところ、「高いところが好きねー」と言いつつも賛成してくれた。確かに、地下一階と一階に住んだ白金のマンション以外、私が部屋を選ぶ基準は、眺めがよい高層階であった。妻は自分の希望というより、私が行きたいのならと考慮してくれたのかもしれない。

東京タワーの地上二五〇メートルの特別展望台から、住んでいる場所を一生懸命探した。私たちが住んでいる月島の三十一階建てのビルが、近くにある三棟の高層マンションと一塊になって確認できた。「私たちが住んでいるところはあそこね」と言い合い、探し当てた嬉しさに心が弾んだ。住んでいる所が一番という帰巣本能だったのだろうか。

二〇二三年には港区麻布台に高さ三三〇メートルの日本一高いビルが竣工した。東京タワーの高さ三三三メートルとそう変わらない。このビルの屋上に展望台が出来れば、東京タワーの展望台よりはるかに高くなる。それどころか、二〇二七年度には東京駅の前に三九〇メートルの超高層ビルが建つという。ニューヨークのエンパイアステートビルの屋上部が三八〇メートルなので、それがいかに高いビルか分かる。

人間が高慢になり、天にも届くような建物を作り、天から罰せられ、壊された塔のことが旧約聖書に記されている。名高い「バベルの塔」である。妻は、きっと「右肩下がりで衰退している日本に、こんな高層ビルが必要なの？」と案じているに違いない。

東京タワーの後に行ったスカイツリーの展望台でも、私たちは東京の大パノラマを満喫した。二〇一五年の正月はまさに平凡な日常であったが、妻と私にとってはなにものにも邪魔されず、平和で幸福な時間を過ごすことができた。太宰治の「家庭の幸福は、或いは人生の最高の目標であり、栄冠であろう」という言葉のとおりである。しかし、彼はまた「家庭の幸福は諸悪の本《もと》」とも述べている。家庭の幸福のみ求めると自分中心になり、他を顧みないため、悪意はなくとも、他者を窮地に落ちこませてしまうことがある。

太宰の作品とは異なり、私たちの幸福は他人の不幸をもたらしはしなかったが、妻はその三カ月後に他界した。幸福は幻の如くであり、諸悪のなかでも「死」という最大の不幸が待ち受けていたのだ。

参考文献

『桜桃・雪の夜の話　無頼派作家の夜』太宰治著　実業之日本社文庫　二〇一三年

## 妻と病気　I

「病気はたしかに生活上の挫折であり失敗である。しかしそれは必ずしも人生上の挫折とは言えないのだ」

（遠藤周作『生きる勇気が湧いてくる本』より）

妻の体調が思わしくなくなったのは、いつ頃だったのであろうか。ろうそくの灯は、まだ長さがあっても風で急に消えてしまうこともあり、残り少なくなって、はかない光が徐々に消えていくこともある。妻は、そのどちらだったのだろうか。まだ六十三歳という若さであったが、妻の一生をろうそくの灯にたとえれば、微風に揺られながら少しずつ少しずつ細くなり、徐々に消えていったように思える。

私が大学で仕事に携わる時間を除けば、妻はいつも私と行動を共にしていた。勤務を終えて帰宅し夕飯を食べ、時間に余裕があるときには、夜遅くとも家の周りを数十分散歩していた。食料品の買い物も二人で行くことが多かった。東京近郊の奥武蔵、筑波山、高尾山のハイキングをはじめ、峻嶺連なる日本アルプスの山々、日本の北端、北海道では知床半島の羅臼岳、南の九州では黒潮洗う屋久島の宮之浦岳などの登山や、幾多の海外・国内旅行にも一緒に出かけた。

しかし、いつの間にか一時間半で頂上まで登れるような高尾山のハイキングや、千葉で一人住まいをしていた高齢の伯父のところにも、体調が思わしくないので行かれないと言い始めた。

体調の悪化は、持病である破壊性関節症による関節痛のため常に食欲がないことも一因であったが、急激に衰えたのは、亡くなる三年前、二〇一二年の晩夏の朝だったのではないか。その朝、妻は「私、胸がドキドキするの」と、通常と異なる胸の動悸を訴えた。かなり気分が悪そうに見えたが、いつものように平静を保っていた。脈をとったところ、一分間に百二十回以上の脈拍数だったので、すぐに心電図をとる必要があると判断し、歩いて二十分程度で行ける公立病院の救急外来に行くことにした。救急車を呼ぶほどではないが、歩くには少し距離がある。そこでタクシーを拾おうと考え、自宅のマンションから坂を下りて大通りまで出た。しかし、朝だったせいか、なかなかタクシーが捕まらない。やっと一台捕まえるまで数分程度だったのだが、その数分間がとてつもなく長く感じられた。

時間の長さは、その人の置かれている状況に左右されるのだと実感した。時間はだれにでも公平に与えられているが、その長さの感じ方はその時の感情や体の状態によって変わるらしい。たとえば、恐怖を感じていると、実際の時間よりもずっと長く続いたように知覚される。あのとき、私が長いと感じたのは、この類のものだろう。

やっと救急外来に着いた時、妻の不整脈は自然に治まっていた。心電図は正常だったし、「もうドキドキは治まったわ。楽になった」と言うので、私たちは救急外来のスタッフに礼を述べ病院を後にした。後日動悸の原因を調べるため、二十四時間携帯用心電計を装着した。その心電図は、一分間に百四十回心臓が拍動する、発作性上室性頻拍症という不整脈を捉えていた。循環器科の外来主治医と私は「この不整脈は、心臓の拍動が速くなるが、命を奪うものではない」と妻に説明した。それを聞いて妻は安心したようだった。

その年の年末、妻を元気づけ、気分転換する目的で、表参道のイルミネーションを見に行った。多くの若者で大混雑の中、原宿駅に向かっていた時に、一瞬、後ろをついてきているはずの妻を見失った。大柄な若い男性に押されて、路上に転倒していたのだ。起き上がった時、背中がとても痛いと訴えた。日頃から痛みに対して我慢強く、ほとんど痛みを訴えることのなかった妻が、その後も背中や腰が痛いと言い続け、「男の子に押されて、転んで打ったところがまだ痛いのよ」と、珍しくその男性を恨んでいた。

実は、この時に脊椎の圧迫骨折を起こしていたのだった。圧迫骨折の治療は、骨折部位にコルセットを巻き、安静を保つしかない。それでも多くの人は相当の痛みを訴える。妻は圧迫骨折していることを知らなかったので、安静にもせず普通に動いていた。かなりの痛みがあったに違いなかったが、持ち前の我慢強さで何食わぬ顔で生活していた。しかし、不整脈とこの転倒による圧迫骨折により、妻の行動範囲は家の近くと白金周辺の公園の散歩に限定されるようになってしまった。

転倒して三カ月後の二〇一三年春、私が会長として主催した日本循環器学会が横浜で開かれた。妻は体調が優れなかったにも拘わらず「しょうがないわね、これが最後よ」と言って協力してくれたのだ。会員が集う懇親会では、痛みと気苦労に耐えながら、妻は会長夫人として、笑みを絶やさず、国内外のゲストの相手を務めた。また、数十年来親交があるハーバード大学教授夫妻との朝食会にも同席してくれた。この学会の終了後、緊張による疲れが出たのか、休むことが多くなったように思えた。ところが、この年の秋には、人の前に出ることが嫌いな妻にとって、もう一つ試練が控えていたのだ。私の教授退任の祝賀会である。祝賀会の開催を私は固辞していたが、退任の祝賀会は百年以上続く医局のしきたりで、私のためというより、医局のためということであった。妻はためらっていたが、しぶしぶ私と一緒に出席した。

「人が周囲から祝福されるのは、生まれた時と、結婚式の二回で充分だ」と日頃妻にも話し、そもそも内科の主任教授に就任した時から、就任や退任の会をするつもりはなかったのである。いずれにせよ、この春と秋の公式行事が、妻に精神的、肉体的な負担をかけたことは確かだろう。妻の病状の悪化につながることを心配していたが、まさか再度、同じ公立病院の救急外来にお世話になるとは思ってもいなかった。

二〇一三年の秋以降、一年に三回、妻は失神発作を起こした。すなわち意識を失って倒れたのである。それまでに妻は二回の失神を経験しているので計五回である。最初は大学四年の時、就職の面接に行った帰りに京都駅のホームで倒れた。二度目は五十歳代の時、富士山八合目の山小屋で失神した。今回はまず、風呂場で倒れて頭を打ち、頭から出血した。幸い出血はひどくなく、すぐに意識は戻った。もう一度はリビングルームで倒れたのだが、このときも意識は自然に戻った。三度目はその年の年末で、風呂上がりに意識消失を起こし、バターンと大きな音をたてて床に倒れた。その音を聞きつけ、私はすぐに脱衣所に行ったが、妻は呼びかけにも反応せず、脈も取れない。そこで心臓マッサージを行い、意識は戻ったものの、もうろうとしていたので、救急車を呼んで近くの救急病院に搬送した。妻は担架で救急車に運ばれた。救急外来では循環器の医師が診断してくれたのだが、検査の結果を見たところ、問題ないとのことであった。隣に消化器の医師がおり、腹部の超音波をとったところ、腹水が溜まっていると診断され、消化器の病棟に入院することになった。妻は「お腹は腫れてないのに、どうしてなの？　入院になってすみません。あなた、食事は大丈夫なの？」と、相変わらず私のことを心配していた。

妻にとって、不整脈、圧迫骨折、失神発作などさまざまな病気に悩まされた数年だった。しかし、これらは、次に起こる重大な病気の序章に過ぎなかったのである。

妻は大好きなハイキングにも行けず、自宅周辺の散歩も制限し、日常生活もままならなかった。しかし、病気による制限は、妻に「人の為に役に立たなければ生きる価値がない」という人生の意義を深く洞察させたようだった。


参考文献

『生きる勇気が湧いてくる本』遠藤周作著　青志社　二〇一七年

『大人の時間はなぜ短いのか』一川誠著　集英社新書　二〇〇八年

# 妻と病気　II

## 運否天賦《うんぷてんぷ》

（出典不詳）

「運否天賦」とは、自分の運命を、自分の力でなく天に任せる時に使われる言葉である。「人事を尽くして天命を待つ」すなわち、運・不運を天にゆだねて、結果を待つ、ということでもある。「天命を待つ」との言葉があるが、妻は若い時から自分以外の大きな力に任せるという、潔い生き方をしてきたようだ。

救急外来で診断された腹水の原因を精査するため、年が変わってすぐの一月四日に妻は食道・胃内視鏡検査を受けた。私たちは新年初めての本格的な検査であったので、検査の結果を聞くために数時間待っていた。主治医は私に「食道がんの可能性があります」と告げた。私たちにとって、寝耳に水であり、一瞬頭が真っ白になった。疑わしい組織の一部を取り病理に回しているので、がんか否かの結果は数日中に出るだろうとのことであった。結果がでるまで不安だが、待つしかなかった。

専門研修を終えたばかりの若い生真面目そうな主治医は「二、三日中に結果が出るが、もしがんであれば、ここの病院でがん治療は行っていないので、他の病院を紹介する」と申し訳なさそうに私たちに告げた。その後、三つ採取した生検組織のうち一つに癌細胞が見つかった。

早速、所沢の大学で一緒に働いていた消化器内視鏡専門の教授に連絡し、妻の治療方針を相談した。彼は食道が専門ではないのでと、某病院の消化器科部長を紹介してくれた。すぐにアポイントを取り、説明を聞くことになった。消化器内科の部長は時間をかけて、治療の方針を充分説明してくれた。がんのステージから考えると、内視鏡による食道内膜切除術か放射線療法が適切であろうとのことであった。ただ、食道内膜切除術にしても、術前の放射線療法、術後の抗がん剤療法が必要であるという。体重が四〇キロそこそこしかない妻の体力を考えると、食道内膜切除術に加え放射線療法と抗がん剤療法は体力的にも無理かもしれない。それが、この時点での部長の判断だった。まして、内視鏡ではなく外科的にがんを切除するのは体力的に無理だろうと思われた。私は母校の消化器外科の教授にもセカンドオピニオンを仰いだが、ほぼ同じような回答であった。

　前年の暮れから入院し、正月を病院で過ごした妻は「家に帰りたい」と言う。検査も終了したので、若い主治医は「外泊は無理だが、外出ならいいでしょう」と、帰宅を許可してくれた。妻が家に帰りたいと言ったのは、これから自分がどんな転機を迎えるのか不安があり、身の回りの整理をしたかったのだ。実は、自分のための整理ではなく、私が妻の不在中も困らずに生活できるようにするためであったのだ。生活の一切を妻に任せていた私は、銀行の通帳がどこにあるのかさえ分からなかったのである。帰宅後、妻は湯を沸かし、大好きな緑茶を「ああ、美味しい」と飲み干した。「私は熱いお茶が好きなのよ」と妻はよく言っていた。食道がんは熱い飲み物を好む人に多いことが知られている。妻が食道がんを発症したのはお茶と関連があるかもしれないとも思ったが、そのときは触れなかった。

「生活するには、細々としたものがいろいろあるのよ」と言って、すぐに整理を始めた。妻は、私のために預金通帳や印鑑、生命保険証書などのリストを作り、保管場所や暗証番号を手帳に書き写した。それを終えると、引き出しの中を確かめ、重要と思われる書類のリストを作ったり、台所の整理をしたりするうちに四〜五時間が過ぎた。「さすがに疲れたわ、そろそろ病院に帰る時間ね」と言って、病院に戻ることにした。歩くと疲れてしまうので、病院の往復にはタクシーを利用した。ワンメーターそこそこの距離なので、「運転手さん、近くて済みません」と言って乗り込んだ。妻が病院で夕飯を終えるのを確認し、私は妻の居ない、ひっそりとした暗闇の自宅に戻った。

結局、食道内膜切除を断念したため、残された治療法は放射線療法であった。ただ、通常の放射線療法では食道周囲にも放射線を照射することになり、副作用が懸念される。そのため、ピンポイントで放射線を照射できる陽子線照射療法が候補に挙がった。しかし、陽子線治療を行う病院は陽子線を作る大きな装置を必要とするため、広い土地を必要とする。狭い東京の病院ではその装置を置くことができず、日本でも限られたいくつかの病院でしか陽子線治療ができなかった。そのうえ、当時まだ健康保険で治療費をカバーできない、高度先進医療であった。

東日本では福島県の郡山、千葉県の柏、茨城県のつくばの三つの病院などが陽子線治療を行っていた。私の田舎は福島県二本松で、従弟が郡山の院長と中学の同級生だったので郡山の病院にするか、医局の先輩が病院長をしているつくばか、この二つの病院のどちらかで治療を行おうと妻と決めた。共に白金の自宅から遠く、通院できる距離ではなかったが、他に選択肢はなかった。

正月明け早々、治療可能かを聞くために、郡山の病院は東京診療所を開設していたので、妻と共に訪れた。しかし、妻は不整脈を持っているため、治療を断わられてしまった。すぐに医局の先輩であった筑波大学附属病院の病院長に電話をした。病院長は妻のことを心配してくれ、ただちに放射線科の陽子線治療専門の准教授を紹介してくれた。放射線治療は外来通院でも可能であるが、妻の場合、東京からつくばまで毎日の通院は体力的に到底無理であった。そこで、病院長は消化器内科に入院しながら陽子線治療が受けられる体制を整えてくれた。診断から一週間で治療法が決まり、私は安堵の胸をなでおろした。

妻がつくばの病院に入院していた数カ月の間、私は毎週末欠かさず一緒に病院で過ごした。土曜日は勤務があっても終わり次第、日曜日は朝食を食べた後に、地下鉄、つくばエクスプレス、バスを乗り継いで、二時間余りをかけて病院に向かった。私が病室を訪問すると、妻は私を微笑んで出迎えてくれた。

妻は病室での単純な生活に飽きていたので、「外の空気を吸いたい」とか「緑を見たいわ」と言っていた。私たちは偶然にも、別の棟に屋上があることを知った。天気が良い時には屋上に行き、妻はつくばの風と光と、周囲にある緑を「気分がいいわ」と満足そうに味わった。病院の外には行かれなかったが、自然に触れて、妻は生き返ったようであった。自然には不思議なエネルギーが内在している。

毎日数十分の陽子線治療を、妻は三十回程度受けた。その二十回目あたりのときに、「コロコロを持ってきて」と頼まれた。妻が言う「コロコロ」とは、ソファやカーペットなどのホコリや髪の毛、毛玉などを粘着テープに貼り付けて取るもので、百円ショップなどで売っている。それを持ってきてくれるようにとのことだった。

妻のベッドの上には数え切れないほどの髪の毛が、枕を中心に落ちていた。寝ている間に髪の毛の一部は腰の近くまで移動していた。抜け毛は百本以上もあっただろう。妻はカラカラと音を立てコロコロでシーツの上の抜け毛を取り始めた。

その後、病院の展望休憩室に一緒に行った。妻の片手には点滴のチューブが繋がれており、持ち運びできる点滴台をもう一方の手で引いていた。展望休憩室につくや否や、妻は私に「点滴の中に抗がん剤が入っているのでしょう」と低音の声で言った。低音の声は機嫌が悪い証拠である。私はすぐに「点滴の中に抗がん剤が入っていることは一〇〇パーセントないよ」と確信して答えた。食が進まないので、蛋白質の低下や貧血がおこり、主治医が心配して栄養の点滴を始めたのだった。その経緯を説明したところ、妻はやっと安心したようだ。その後、抜け毛が少なくなり、コロコロの予備のロールを購入しなくて済んだ。主治医は点滴をする際、十分説明したはずだが、妻はこの点滴の中に抗がん剤が入っているのではないかと疑ったようである。その不安のため、髪の毛がどんどん抜け始めたのだった。

妻は中学や大学受験の時に「やるだけのことはやった、後は運否天賦だ」と、親たちの不安をよそに、合格の成否を天に任せていたようだ。妻はやれるところまでとことんやり、それから先は天命にまかせた。渋沢栄一は、全力を尽くしたら楽観的になりなさいと説いている。天にまかせるとはそのような境地なのかもしれない。『論語』の死生、命あり、との言葉があるが、突き詰めれば、人事を尽くし、天命を待つとの意味と私は解釈している。結婚後も私の進路に関して決断をしなければならないときが何回かあった。妻は私が悩んでいるのを見て、「運否天賦よ」と言った。すべて人の吉凶禍福は天が配剤し、天が事の成否を決めてくれるので、思い煩うことはない。成否を考えずに、決めたことを進めてはと、いつもアドバイスしてくれていた。

この時も治療の成否を天に任せてはいたのだろう。しかし、想定外の点滴という治療が加わったため、抗がん剤が入っているのではと憶測し、無用な心配が抜け毛につながったのだ。運を天に任せる剛毅な妻にも、外見を気にする愛らしいところがあったのだ。

私は百円ショップでコロコロを見るたびに、妻のことを思い出す。

参考文献
『渋沢栄一　１００の訓言「日本資本主義の父」が教える黄金の知恵』渋澤健著　日経ビジネス人文庫　二〇一〇年
『論語』金谷治訳注　岩波文庫　一九九九年

## 妻の最後の仕事

### 「あとは以《もっ》て瞑すべし」

（宇都宮輝夫『生と死を考える』より）

「かっこよく死ぬとか美しく死ぬというのは、難しいかも知れません。しかしそもそもそんな必要はありません。ただ日々、人を助ける優しい人間として生きれば、それで十分です。（略）自分にできることをやり尽くすこと、（略）やれるだけのことはやり、あとは以て瞑すべし。その時人は自らの生まれてきた目的を果たしたと言えるのではないでしょうか」

哲学者、宇都宮輝夫氏の著書『生と死を考える　宗教学から見た死生学』の中に書かれていた一節である。

「以て瞑すべし」とは、「ここまで出来れば、もう死んでもよい。また、満足すべきである」

という意味である。この一文を読み、全身に稲妻のようなものが走り、思わず息を呑んだ。妻も晩年「後はもって瞑すべき、よ」と、折につけ言っていたのを、妻が亡くなったあと思い出したのだ。

長年の伴侶であった妻が、まだ六十三歳という若さで他界したことに、苦悶していた時、この『生と死を考える　宗教学から見た死生学』を知った。二〇一五年三月、妻が亡くなって、九日目に出版された本である。この本に出会えたことに、天の啓示を感じた。

妻が日常生活の一切を支え、学会活動を陰で支援してくれたおかげで、私は、大学では主任教授のみならず、医学部長としての責務を果たすことができた。また、学会活動でもいくつかの学会の会長や理事長を務められたのは、妻の助けがあったからこそである。

妻が亡くなる二年前の二〇一三年三月、医師になって四十年、最後は母校で退職となった。その年に日本循環器学会の学術集会を主催した。妻が作成したパワーポイントを用いた私の会長講演を聞き、妻は涙があふれてきたという。会が終わったあと「これで私の任務は終わった」と言っていた。私が学会発表や講演会で使用するスライドやパワーポイントを三十年にわたって作成してくれたのは、妻である。しかし、実際にそのパワーポイントを学会場で見る機会は、それまでなかったのだ。聖路加国際病院の当時の理事長・日野原重明先生が、私の会長講演の前に特別講演をしてくださった。話術は日野原先生のほうがはるかに優れていたが、そこで用いられたスライドよりも、妻が夜遅くまで作ってくれた私のパワーポイントのほうが聴衆を遥かに魅了していたように思った。

心血を注いだ発表用のパワーポイント作成のみならず、私に専属の秘書がつくまで、国内・国外学会への出張に必要な航空券からホテルの予約、旅行の身支度など、すべて妻が完璧に手配してくれていた。

前述した循環器学会の際「やれることはやった」と妻は言っていたが、それはあくまで私の仕事上のことであった。しかし、それ以外にも妻は、最も気がかりで重要なことがあった。私たちの老後のことである。私たちのうち、どちらかが亡くなったとき、特に妻が先に亡くなったときに、一人残った私が生活できるよう準備しておくことが妻の最優先課題だったのである。

破壊性関節症という慢性の関節症や食欲不振で妻の体力は五十歳のころより徐々に弱ってきていた。家の階段を上がるときに息切れや疲労感を感じ始め、六十歳代に入ったころから、それまで二人で行っていた山登りに一緒に行くことが少なくなった。遠足で小学校低学年生でさえ登れる高尾山にも、同行しなくなったのである。

人生百年時代と言われ、『ＬＩＦＥ《ライフ》　ＳＨＩＦＴ《シフト》　１００年時代の人生戦略』や佐藤愛子氏の『九十歳。何がめでたい』などの本がベストセラーになっている。高齢化が社会問題となってはいるが、官民そろって長寿に熱心に取り組んでおり、現代は長生きの時代でもある。

妻は、そうした年代に達する前に自分が死ぬことを予感していたように思える。その可能性が高いと考えた妻にとって、残された最大の仕事は、老人施設探しだったのであろう。妻が先に亡くなったら、残された何もできない私の生活は立ちいかなくなり、すぐに後を追うことになるのではないかと、大変心配していた。配偶者を亡くした独り身の男性の余命は、同年齢の男性の平均余命に比べて三〇パーセント短いと言われている。

関節の痛みや栄養不足で体調のすぐれない中、妻は消耗しつつある体に鞭打ち、納得のいくまで何度も何度も足を運んで、老人施設を探し続けた。そして、妻と私が比較的健康な状態で入居でき、介護を受けざるを得ない時は介護専用フロアに移動できる住宅型有料老人施設を選んだ。この施設ならば、栄養バランスを考慮した食事をレストランで毎食提供しているので、たとえ私一人になっても、食事が取れず路頭に迷うことはない。慎重な妻は、数カ所の施設を見学に行くだけでなく数回の体験宿泊を行い、最終的に銀座に近い施設を選定する。それから準備に一年半かけて入居した。私が六十七歳、妻が六十二歳の時で、一般的に老人施設に入居するには、まだ若い年齢であったろう。

その施設は地下鉄の駅から徒歩六分程度で行けるが、途中で橋を渡らなければならない。

橋はアーチ型をしており、緩い登り坂である。入居数カ月前には、妻は息切れのため「早く歩かないで」と言って、登りの途中で立ち止まるようになった。ゆっくりゆっくり歩かないと緩い坂を登れないほど、体が弱ってきていたのだ。

一緒に老人施設に入居した翌年、妻は他界した。妻は、人生最後の仕事として私を現在の老人施設に入居させたのである。後顧の憂いが亡くなったと判断した妻は、やせ細った青白い顔で、しかし満足げに「やるべきことをやったわ」と私に言った。「あとは以て瞑すべし」であった。

数年後、妻が種を蒔いた最後の仕事は見事に実を結んだ。私は朝早く冬の高尾山に登り、峻嶺の富士山を頂上で仰ぎ見た直後、下山中に上部がアイスバーン状に凍っていた岩に足を取られ、不覚にも転倒し、右足を骨折してしまったのだ。骨折した翌日から大きな水疱《すいほう》が幾つもでき、皮膚とその下の組織に細菌感染が起こり、私はなんと骨折と炎症の二重苦に悩まされたのである。持病の糖尿病があるため、炎症による足の切断などを恐れていたが、入居している老人施設のスタッフの献身的な看護と、施設に入居中の皮膚科の医師夫婦のおかげで、炎症は収束した。歩けないので、食事も部屋まで運んでもらっていた。もし、ここに入居していなければ、生命の危機を迎えていたに違いない。妻の命を縮めたであろう最後の仕事で、私の命が長らえたようだ。

亡き妻が残してくれた最大の贈り物は、私の社会的成功より、終生安心して住める場所を探してくれたことであった。妻はまさに、人間よ、人を助けなさい。そのためにあなたは生まれてきたのであり、そのためにあなたはこの世にいる。それがあなたの存在理由であり、存在目的なのだ。だから、あなたは人を助けなさい。そして死になさい、と宇都宮氏が説く通りの人生を送った。

キリスト教系の思想家であった内村鑑三は後世に遺すものとしてお金、事業、文学、思想等があるが、最大遺物は「勇ましい高尚なる生涯」であると記した。妻は一生涯人の為、全力で困難に立ち向かい真面目に生き抜いた。私はそう信じている。

参考文献

『生と死を考える　宗教学から見た死生学』宇都宮輝夫著　北海道大学出版会　二〇一五年
『後世への最大遺物　デンマルク国の話』内村鑑三著　岩波文庫　二〇一一年

# 人は神ではない

**「神々の愛でにし者は夭折す——メナンドロス」**

（L・インフェルト『ガロアの生涯〔新装版〕 神々の愛でし人』より）

多くの人は、自分にとって不都合な事件が起こると、憂慮すべき事態に対して、いら立ちを隠せず、ふだんは穏やかと思われている人でさえ、大声を立て、怒りを露わにする。時には責任が自分にあるにも拘らず、険のある目で他人を見つめ責めてしまう。しかし、憂慮すべき事態が起こっても、妻が立腹し、荒々しく大声を出すのを私は見たことがなかった。

私の不勉強のせいで、妻をイライラさせることはあった。妻は元来興味もなかったコンピュータ技術を長時間かけて独学でマスターし、私の学会や講演会のプレゼンテーションでつかう図表を、パワーポイントを駆使して作成できるようになった。それなのに私は、自分でパワーポイントを操作するとき、思い通りに動かないパソコンを一刻も早く何とかしたいという欲求が先に立ち、ワンクリックで安易に解決する操作法のみ、妻に求めていた。

私ときたら、パソコン操作中に分からないことがあってもコンピュータの基礎から学ぶ、手順書（マニュアル）を読む、専門家に尋ねるなどを一向にしなかった。何かを上達するには最も悪いパターンである。『論語』にも、教わるばかりで自分で考えることが少ないと力はつかないとあるように、パソコンに関しては自分で上達の道を閉ざし、まったくのところ思考停止の様相であった。それこそ、フリーズ状態だったのである。

「フリーズして動かない」「次の動画に移らない」「文字変換ができない」「段落の移行がうまくいかない」「血管内視鏡の動画が作動しない」など、パソコン操作で困ったことがあると、瞬時に解決できる方法を妻に聞くという安易な解決法をとっていた。多くは初歩的な操作でのつまずきであったが、なぜ「フリーズしたのか」、「どのキー操作が悪かったのか」などを調べることもない。妻が解決してくれると、私はそれ以上学ぶことをしなかった。学ばずにパソコンを操作するので、応用が利かず、ますます妻に頼ることが多くなった。

妻は、まず原理から勉強し、パソコン操作を理解しようとしていたが、そこは独学なので、直ぐに解決出来ないこともあった。私は簡単な手順さえ教えて貰えばよいと考えており、そのための操作がわかればよかったのだが、妻は二つか三つの工程を経てそこにたどり着くので、説明が複雑になる。そのうちに私の脳のキャパシティをオーバーしてしまい、妻の説明が充分理解できず、「分からないよ」と冷たく突き放すことがあった。

妻はパソコンのプロではなく、仕事で毎日使用しているわけでもなかった。必要に応じて私の手伝いをしていたに過ぎないので、以前覚えた操作を忘れてしまうこともある。パソコン操作のトラブルが生じると、いつも性急に素早い解決策のみを求める私の要求にうまく応じられない場合、責任感の強い妻はつらい思いをしたに違いない。そんなとき、「私は神ではないのよ、すべてを知っているわけではないの」と妻は言い、決して私の勉強不足を責めることはなかった。そして「わたしは教えることが苦手なの。教師向きではないのよね」と、自分を責めていた。本当は、支離滅裂になりがちな私が、理路整然とした妻の頭の回転についていけないだけであった。鈍い私はそれらを理解するのにだいぶ時間がかかり、その間、妻にストレスを掛けていたに違いない。内心では申し訳ないと思い、反省することが多々あった。普通なら口角泡を飛ばし合っているところだろうが、そうならず、お互いに禍根が残るようなことにならなかったのは、妻が私の頭の思考回路を知っており、うまくリードしてくれたお陰であった。

このことは私に、真の思いやりとは何であろうかを考えさせた。自分にとって好ましくない出来事や事柄であったとしても、相手を攻撃するのではなく、その代わりに種々の問題を引き受け、耐え忍びながら担っていく人もいる。それを実際に実行するのは難しい。そうしたことを完璧なまでに成し遂げたのがイエス・キリストであろう。

私の母方の親戚に、内村鑑三が提唱した無教会主義キリスト教の熱心な信者がいた。その人が「イエス・キリストは布教中、幾多の理不尽な迫害にあいながらも、人間の持つ罪を償うため十字架に掛けられて亡くなった」と、中学生の頃に教えてくれた。後日自分で調べ、人間の罪には虚栄、嫉妬、怒り、怠惰、悲嘆、強欲、金銭欲、貪食、淫蕩などがあることを知った今になって思い返すと、こうした人にありがちな罪を、妻はほとんど持ち合わせていなかった。

人は神（キリスト）ではないので、他人の咎《とが》を背負って自分を犠牲にせずともよいであろう。ただ、罪少なき姿を目指して生きればよい。罪多き人間は、それを悔い改めるために少しでも長く地上に残されるが、罪を持たない人間は、神との再会のために早めに天に召されるのではないか。なんとはなしにだが、妻の早世を機に私はそう推し量っている。

妻は頭蓋底腫瘍で亡くなった。両親が共にがんで亡くなったので、妻はなにも言ってはいなかったものの、親からの素因を受けつぎ、自分はがんで亡くなるだろうと密かに思っていたかもしれない。一般的に肉体的、精神的なストレスはがんの重要な原因のひとつとされている。努力家で、何事にも労を厭わなかった妻は、私の学会の手伝いや、伯父の看病や介護の準備のため、相当な過労や睡眠不足になっていた。そして、いろいろなことに考えをめぐらす妻の性格は、他の人には何でもない事でも、過度な精神的ストレスを感じていたかもしれない。こうしたストレスが妻のがん発生に関与した可能性も否定できない。

日本の女性の平均寿命は九十歳近くまで伸びているが、妻は六十三歳の若さで天に召された。妻は神ではないので、他人の咎を背負って命を落としたわけではない。ただ、私を含めた多くの人への献身が妻の寿命を縮めた可能性はあるのではないか。

芥川龍之介は『或阿呆の一生』に「神々に愛せらるるものは夭折（ようせつ＝若死に）す」という古代ギリシャの喜劇作家・メナンドロスの言葉を引用していた。妻は、二十代から三十代で神に召された、作曲家のモーツァルトや、「人間は考える葦である」という言葉やパスカルの定理などで名高い哲学者、物理学者のパスカルや、五次以上の方程式には解の公式が存在しないことをより洗練された形で証明し、数学上の一大革命を起こしたガロアのような天才ではなかったが、神は、妻の地上での罪少なく他人のために尽くした人生をみて、早めに地上から召したのだろう。

神に愛されたがゆえに、妻は早めに天に召されたに違いない。私は、そう信じている。

参考文献

『或阿呆の一生・歯車』芥川龍之介著　角川文庫　一九五八年
『ガロアの生涯［新装版］神々の愛でし人』Ｌ・インフェルト著　市井三郎訳　日本評論社　二〇〇八年

# 第六章　妻の生涯、その意味

# 人にやさしく自分に厳しく

## 「優しさ」「厳しさ」「明るさ」。人格の三要素

（小林正観『う・た・しごよみ』より）

妻と同じく六十歳代前半で亡くなった著述家・小林正観は、「優しさ」「厳しさ」「明るさ」は人格の三要素であり、「人に優しく」「自分に厳しく」「希望や展望を失わず」、「寛容」「謙虚」に「前向き」に生きよ、と説いた。人は優しさだけでは不十分で、厳しさと、明るさをもあわせ持つことが肝要のようである。

妻は他人から後ろ指をさされたり、陰口を言われたり、非難されるようなことは、まったくといっていいほどなかった。それは、人にやさしく自分に厳しいという、妻の性格によるものであろう。幼稚園から中学生頃まで一緒に『論語』などを学んだ父親から「厳し

さ」を、幼い頃いつも共に過ごした祖母から優しさを学んだようだ。前述したが、厳たる義父は、学習の際には幼い娘を正座させ、一挙一動を厳しく指導したという。そして、学ぶことに曖昧さを許さなかった。妻もそれを耐え忍び、一生懸命に学んだ。だが、どうにも耐えられなくなったときは祖母が生活していた離れに行き、祖母に優しく慰められたようだ。祖母の外出する時は、「私も」と言って、いつもついて行く「おばあちゃん子」だった、と聞く。

妻は「心と身（体）がともに健康であるべきよ」と日頃から言っていた。心と身体は相互に影響を及ぼし、精神的な落ち込みが身体の様々な病気の発症や悪化の原因になることもあるし、身体の病気が人の思考や気分に与える影響は大きい。健全なる精神は健全なる身体に宿ると言われているように、人の気分は身体の状態により大きく左右される。

私たちは年を経るに従い、避けることができない身体の老化が始まり、若い時に俊敏であった体の動きが鈍くなり、関節や腰の痛みも出て日常生活に支障をきたすようになる。身体の衰えと共に気力も低下すると、他人に対する優しさや思いやりも徐々に失ってしまう。ましてや、不治の病に罹ったり、生命に関わるような大怪我をした場合には、とても他人を慮《おもんぱか》る余裕などなくなってしまう。

ロシアの代表的文豪トルストイによる小説『イワン・イリッチの死』には、思いやりを徐々に失っていく過程が克明に描かれている。この作品は、死に至る人間が精神的にどのように変容していくかを学ぶという点で、医学生や医学研修生が読むべき古典の一冊であろう。私も医者の端くれとしてこの本を手に取った。主人公の判事のイワン・イリッチは、昇進して購入した新居の室内を調えている時に、台を踏み外し下に落ちてしまう。その際、窓の取っ手に横腹を打ち付けたのがもとで、数カ月後には脇腹に重苦しさを感じるようになり、不機嫌になることが多くなった。不機嫌の度が増し、些細なことで妻に八つ当たりをするようになる。やがて脇腹の重苦しさは痛みに変わり、体調の悪化が進むにつれ、妻や娘を含めた他人に対し、優しい言葉をかけるのではなく、つねに責める言葉を発するようになった。イワン・イリッチは病状がさらに悪化し、床に伏せることが多くなると、健康だった時に比べて、より自己中心的になり、自分では制御できないわがままを言い、他人を執拗なまでに攻撃し、思いやることが皆無になってしまうのだ。

この本のことを長々と紹介したのは、妻の言動が主人公のイワン・イリッチと正反対であったからだ。妻は亡くなる二年前から、若い時から悩まされていた破壊性関節症のほかに、脊椎圧迫骨折、脈拍数が一分間に百五十にもなる発作性頻拍症、以前手術した甲状腺の悪化などの病気が相次ぎ、体の不調に悩まされるようになった。関節の痛みで食が進まないためか、栄養状態も万全ではなかった。低蛋白症で腹水が溜まっていたことも後に判明する。

そして、食道がん、頭蓋底腫瘍と次々に悪性腫瘍が発症。そんな状態でありながら、なお他人の健康を気遣い、私が抱える仕事のストレスを心配していた。

例えば入院中、腹部に痛みを感じた時にも「少しお腹が変なの。でも私は心配ないから、大丈夫。あなたこそ気を付けて」と言っていた。筑波大学の附属病院に長い間入院していたが、毎朝「今日の調子はどうですか」と定時のメールを入れると、体調が悪い時も、食欲がない時も、指の関節ばかりでなく全身の関節が痛かったり、放射線治療で疲れた時でも、いつも「大丈夫、心配しないで」との返信がくる。それどころか私の仕事の多忙さを気遣い、「無理をしないで、あなたこそ気を付けてください」と書きそえてくる。「大丈夫」との連絡であったが、実際は相当の辛さやだるさを我慢していたはずで、変形した両手の指の痛みは既存の痛み止め薬が効く状態ではなかった。ごく稀に「私だからこの痛みに我慢できるのよ」と、私に告げることがあった。妻の優しい言葉は、我慢強さだけではなく、自分への厳しさがあってこそ発せられたのに違いない。

たとえ自分の体調が優れず、辛い状況でも、他人に対し心配りを忘れず明るく振舞うのは、若い頃からのことだったようだ。高校時代、妻は交通事故の後遺症で、動かすと肩に激痛が走るため、修学旅行に行くのをやめて休むつもりでいた。しかし、友達がぜひ一緒に行きたいと言うので、バッグを持つだけでも痛みを感じるほどだったのに、友人を失望させないために旅行に同行した。妻の友人は、四十五年経っても当時の妻のやさしさが記憶にのこっているらしく、今でも毎年妻と私宛にクリスマスカードを送ってくれる。「それはそれは楽しい旅行でした」と、妻との思い出がしたためられていた。

私が大学で教授をしていたときも、秘書が風邪による咳の辛さを妻に訴えると、自分は指が白くなるほど激しい関節痛に襲われているにもかかわらず、そのことには一切触れず、「私より若いのだから、早く元気になってね」と励ましていた。また、秘書の両親が入院中だったので、その健康状態も案じていた。自分の身内のみならず、接した人すべてに分け隔てなく優しくしていたのだ。

「司馬史観」という言葉が生まれるほど、日本人の歴史観に影響を与えてきた作家の司馬遼太郎は、小学生向け教科書のために『二十一世紀に生きる君たちへ』を執筆した。その中で、自分に厳しく、相手にはやさしくという自己を確立しなさいと説き、また、すなおでかしこい自己をつくりなさいと子供たちを激励し、次代を託した。

相手にやさしくする、といっても、やさしさは本能でないので、訓練をしてそれを身に付けなければならない、本能ではないので訓練を必要とするとの見解は、まさしく司馬の言っている通りだと思う。その訓練は難しくない。いつも他人の痛みを感じ、いたわりの感情を持つことで、やさしさが育つと司馬は言う。小学生が対象なので、まず、いたわりの心を持ちなさい、とやさしく説いているが、実は、常時、そのような気持ちを持ち続けるのは簡単でない。自分自身が落ち込んでいる時、苦しんでいる時には、他人へのいたわりの気持ちを持てず、やさしくすることが、前述したイワン・イリッチのように難しくなる。優しさを持続させるのは簡単なことでなく、強い意志と忍耐が必要であろう。

妻が他の人を思い遣ることを自分の信念とし、自分を厳しく律することを課して、他人にいつも笑顔を忘れず、やさしい人格を形成したのは、稀有なことだったと今さらながら思う。

参考文献

「う・た・しごよみ」小林正観著　弘園社　二〇〇三年
『イワン・イリッチの死』レフ・トルストイ著　米川正夫訳　岩波文庫　一九七三年
『死すべき定め　死にゆく人に何ができるか』アトゥール・ガワンデ著　原井宏明訳　みすず書房　二〇一六年
『二十一世紀に生きる君たちへ』司馬遼太郎著　世界文化社　二〇〇一年

## ボランティアと奉仕

### ボランティアは、何かをしてあげると思うより、何かをさせてもらうことで学ぶことである

受けた恩を返すのは当たり前。それが人の仁義であると八十歳代になっても活動を続けているスーパーボランティアこと尾畠春夫さんが、ボランティアを行う動機について、『お天道様は見てる　尾畠春夫のことば』の中で同様なことを述べていた。

勤務していた大学での定年が間近となったころ、私は医学部長として、自身の研究、診療、学生の教育や学会活動、大学の運営などに奔走していた。慌ただしく、帰宅も遅い毎日を過ごしていた私に、「今は無理だけど、定年になったらボランティアをするといいわよ」と妻はよく言っていた。妻にとって「ボランティア」は慣れ親しんだ言葉である。

妻の母は、女学校時代からの友人と一緒に、麻布の高台にある病院で毎週ボランティアをしていた。その病院は産婦人科で知られ、皇室関係者もここで出産している。義母たちは赤ん坊のオムツを縫っていた。義母のボランティア活動は何十年も続いており、その継続性に私は感服するばかりであった。裁縫好きな義母は何時《いつ》も楽しそうに出かけていたらしい。

妻の従弟は、高校時代から発育障害児の施設に毎週末通い、生活支援のボランティアをしていた。従弟は妻と同じ東京大学の理科一類に入学し、卒業後、京都の島津製作所に入社した。妻も体が丈夫であれば、同じ会社に勤めていたはずであった。妻がその会社への就職を勧めたわけではなかったのだが、従弟が入社したのは、頭の片隅に従姉が入社するはずだった島津製作所の名前が残っていたらしい。

私たちが感じ入ったのは、研究者として京都の会社に入社したあと、結婚し子供ができても、そのボランティアを続けていたことである。彼は、夫、父親、研究者、ボランティアとしての一人四役をしっかり務めている。「あの子はスマートだから、メリハリをつけて生活できるはずよ」と、妻は従弟の特性を見抜いていた。確かに世の中には一人四役も五役もこなし、行動の切り替えも早い、器用な人がいる。その点、私は切り替えが遅いほうだ。

ボランティア活動の基本理念はよく知られているように自発性、無償性、公共性、先駆性であると言われているが、難しい事を考えず、困っている人たちを見たり、聞いたり、知ったりしたときに、その人たちのために役に立つことを行えばよい。時間と体力があれば義母や従弟、尾畠春夫さんのように現場に行けばよい。病気の子供たちや入院している人たちにコーラスを聞かせたり、マジックを見せたりして楽しませ元気づけるのもよい。ソプラノ歌手の佐藤しのぶは海外まで行って、プロの歌を聴く機会がなかった貧しい地区に住む子供たちに歌を披露していた。

ボランティアは、何かをしてあげること、と誤解している人が多いが、それは間違いである。ボランティアは、何かをさせてもらうことで学ぶことであるとアメリカの著述家で牧師のジョン・C・マクスウェルが述べていた。この言葉の意味は重い。私たちはボランティアを「した」という満足感や善意の押し付けで終わってしまうことが多い。しかし、「させてもらう」との謙虚な心は、より深い人間性形成に役立つのだろう。

佐藤しのぶは、貧しい子供たちに勇気を与えるために、海外まで行ったが、歌った直後、感謝を述べに彼女の周りに集まった子供たちに逆に励まされたという。世界には理不尽にも極貧の子供たちが多くいること、その貧しさを解決できない自分の無力さを痛切に感じたそうだ。佐藤しのぶは、マクスウェルが述べているように、何かをさせてもらうことで学んでいたのだろう。

奉仕（サービス）もボランティアも他人や社会のために尽くすことだが、「奉仕」の起源はギリシャ語で「ディアコニア＝給仕をする、食卓に仕える」という意味で、奴隷が給仕をするように無私になり、徹頭徹尾、他者の幸福を願い、他者に仕えることだそうだ。突き詰めると、奉仕とは人の排出物を通して、すなわち、うんちとおしっこの世話もすることでもあるらしい。奉仕の語源とその厳しさを曽野綾子の『夫の後始末』を読むまで知らなかった。

私の父は椅子を使い、上の物を取る際に足を踏みはずし、転落して頭を打ってしまった。その時は軽い打撲の処置で済んだが、約三カ月後に、歩行障害と軽い意識障害が出てきた。母は心配していたが、私と弟が帰るのを待っていた。

私には一歳違いの弟が一人おり、東京の医科大を卒業後に東北大学の脳神経内科に入局した。お盆で私たちと弟夫婦が二本松の実家に帰ったとき、脳神経を専門とする弟は、頭の中の腫瘍や出血を疑い、すぐ頭のＣＴかＭＲＩを撮るように勧めた。検査の結果、慢性硬膜外血腫と診断された。私は父の歩行障害はパーキンソン病ではないかと考えていたので、頭のＣＴ検査は必要ないと思っていた。弟の判断が正しかったのだ。

父はまもなく、硬膜下血腫の手術を行った。父の入院中、妻は東京に戻らず、心細かった母と一緒に病院の父の付き添いをしていた。退院後、父の歩行障害はひとときに改善したが、その後、転倒し骨折を起こした。その後十年以上ベッドで寝たきりの生活をしていた。

父の排泄はベッド上でせざるを得なかった。私たちが実家に帰った際は、父の下の世話を妻は買ってでた。妻と気のあっていた父は甘えて、「咲ちゃん、尿瓶《びん》をもってきて」と声をかけていた。妻は便の世話も嫌な顔をせず行っていた。実の親でない人の下の世話を、妻も、父のクリニックを継いで両親と一緒に住むようになった弟のお嫁さんも、厭《いと》うことなくよくしてくれたのはありがたかった。妻は私の父への介護を決して義務感ではなく、自発的に行っていた。

奉仕とボランティアは他人や社会に尽くすという行為、及び、見返りを求めない点では同じであるが、奉仕は「仕える」ことに重点が置かれ。ボランティアは「自分から進んで行う」ことに力点が置かれている。戦時中の学生の勤労奉仕、先生提案による生徒の清掃奉仕などのように、奉仕は上下の関係を前提とし、強制的で義務的なニュアンスがある。

妻が義父のうんちとおしっこの世話をしたのは、奉仕であったかもしれないが、自ら進んで行っており、ボランティアでもあったのだろう。妻が義父の下の世話を行っている姿を見て、私はそう思った。

私は、定年後になったら「ボランティアをしたら」との妻の言葉を受けて、月島に転居後、川に沿った緑道のゴミ拾いを毎週行っている。清掃は十分程度で終了してしまうので、妻は「そんな簡単なことだけではだめよ。もっと、みんなが喜ぶことを時間かけて行いなさい」と天から私に呼び掛けてきた気がした。それに応えるべく、私は台東区隅田公園で無料医療相談を開始した。

参考文献

『お天道様は見てる　尾畠春夫のことば』白石あづさ著　文藝春秋　二〇二一年
『歌声は心をつなぐ』佐藤しのぶ著　東京書籍　二〇〇七年
『夫の後始末』曽野綾子著　講談社　二〇一七年
『「人を動かす人」になるために知っておくべきこと』ジョン・C・マクスウェル著　渡邉美樹監訳　三笠書房　二〇一〇年

# 伯父

## 「貢献しているという実感は、人生の幸福と深く結びついています」

（岸見一郎『老いる勇気』より）

「自分だけでなく、仲間の利益を大切にすること。受け取るよりも多く、相手に与えること。幸福になる唯一の道である」と心理学者のアドラーが説いている。

私の父には、子供の頃一緒に生活していた従兄がいた。妻と私は「千葉の伯父さん」と呼んでいた。この伯父は百一歳で亡くなったが、百歳近くまで元気で長生きだった。日本橋の製紙会社に会計士として入社し、社長の絶大なる信任を得て、会社を支える存在になったという。「忠」という名前の如く、主に真心を尽くす誠実な人であった。

私の祖父に預けられた伯父は、父と分け隔てなく、兄弟のように育てられた。父は地元の高等学校に入学したが、伯父は汽車通学で約一時間かかる福島の名門の商業学校を卒業させてもらったので、祖父に恩義を感じていた。折に触れて「亀次さん（祖父のこと）には大変お世話になった」と私たちに言っていた。

私が大学に入学した時の教養課程（当時は進学課程と呼んでいた）の授業は、千葉県市川市の国府台校舎で行われていた。大学入学後、私は伯父の好意でしばらく千葉市にある家に下宿をしていた。食事は伯母が作ってくれた。温厚な伯父と違い言動はガラッパチで、私や伯父にズケズケ言うが、根は優しかった。

以前より糖尿病を患っていた伯母が、肺炎にかかり急死した。伯父も喉頭がんになり、放射線療法などを受けて、死と隣り合わせの時期もあった。不幸が重なったためか、伯父は持ち前の元気がなくなって、背中が丸くなり、年齢の割に老け込んだように見えた。伯父のように一人で暮らす高齢者が日本ではすさまじい勢いで増えている。もし、心筋梗塞などで突然死をしたら、孤独死として扱われてしまうのだろう。二〇三五年には高齢者の四割が老後独りぼっちの時代になるという。

年末の挨拶に行くと、「何もやることがないのだよ」と言って、家には一人暮らしゆえの孤独感と寂寥感が漂っていた。孤独が死に結びつくリスクは、一日にタバコを十五本吸い続けるリスクに匹敵すると言われている。私たちは元気のない伯父の姿を見るのが辛く、その体調を気遣った。

しばらくして、都合のいいことに母校の大学が千葉に新設の付属病院を作ったので、私たちは所沢から千葉に移った。なんとか元気づけようと、頻繁に伯父を訪問するようになった。

「一日中誰もいないので、話す相手がおらず寂しいよ」「このまま生きていてもしょうがないと、思ったこともあった」と自死をほのめかすこともあった。一人暮らしの毎日がつまらなく、虚しいと呟く伯父にとって、妻はよき話し相手となった。

県人会に出席したこと、入社を世話した部下が何十年も経つのに毎年、盆暮れに挨拶に来てくれること、自分の生家と私の実家の家系図を作っていることなど、伯父の話はとめどなく続く。妻はうまく話を引き出していた。こうした話のキャッチボールが伯父に精神的な安堵を与え、自分は一人ではないという安心感をもたらしたようである。私の父の時もそうだったが、妻は話し相手を安心させ、話を引き出す天才的な術を持っていた。その術は聞き上手というたんなる技ではなく、相手に対する心遣いと思いやりがあってこそのものだった。

伯父に対して妻は食事を含めた、生活する上でのアドバイスもしていた。もともと几帳面ではあるが、一人暮らしで気ままに生活していた伯父に、「食事は一食ではなくこまめに三食を摂ってください。伯父さんの好きなものだけでなく、栄養のバランスを考え、生の野菜もちゃんと食べてね」と助言するのである。妻が伯父の家に行くときは、必ずスーパーで栄養を考慮した食べ物を買い揃えて渡していた。「朝の散歩だけではだめよ。少なくとも一日五千歩以上歩いてくださぃ。体操などもやってみてはいかがですか？」と体を動かすことの大切さを教える事を忘れなかった。

最近の研究によると、脳細胞、特に認知機能の中枢海馬の細胞が作られないと、うつ病になることが分かってきた。身体を活発に動かせば、海馬の細胞は二パーセント増えるという。激しい運動をせずとも軽いウォーキングやジョギングでよく、うつ状態を予防するには速歩も入れた一日四千歩程度の歩行で良いらしい。そんな妻の訪問が続くうちに、一人暮らしの伯父に徐々に変化が訪れた。伴侶を亡くした喪失感や、がん治療後の精神的、肉体的不調が改善し、背中の丸みも取れて、まるで別人のようになったのだ。私は、人はこんなにも変われるものかと驚いた。

伯父はしばらく心身ともに順調な生活を過ごしていたが、健康診断の時に血尿を指摘され、前立腺がんとの診断だった。近くの病院で手術を受けることになり、その入院のために必要な手続きは、伯父の代わりに、妻がすべて一人で行った。さらに入院の際には着替えなどを用意し、手術日には開始から終わりまで辛抱強く病院内で待った。手術が終わり病室に戻った伯父が麻酔から覚めて目をあけた時、そこに妻の顔を認め、目を細めて心から安堵したような微笑みを見せた。妻は毎日、私たちが住んでいた千葉ニュータウンの印西市から往復四時間以上かけて、伯父の入院した病院に出かけ退院するまで、伯父の世話をしていた。伯父は、何度も何度も「ありがとう、咲ちゃんがいたので助かった」とお礼を言い、涙で頬を濡らしていた。妻はといえば、「伯父さんは一人身なので当然よ」と屈託なかった。

百歳近くなると、伯父にもやはり肉体的に衰えが出てきた。まだ家の中は整理整頓されていたが、自分で食事を作ることはさすがに難しくなり、食事を給食センターに頼むことにした。給食の配達は、毎日の見回りにもなり、伯父さんにも私たちにも安心感を与え「給食を頼んでよかったね」と言い合った。それでも、老化は容赦なく伯父に襲い掛かり、次第に昼間でも動けなくなり、介護保険を申請せざるを得なくなる。

妻も若い時から罹患していた全身の破壊性関節症が徐々に悪化し、食欲不振や疲労感が強くなり、体調不良が続き、歩くのも息切れを感じるようになっていた。しかし、一人暮らしの伯父を見捨てることができず、灼熱の夏の日に区役所まで出かけ、介護認定の申請を手伝った。やっと介護認定を受けた直後に、伯父は自宅の前の石段を踏み外して転倒し、救急入院となる。幸い紹介されたケアマネジャーが緊急入院の手配をしてくれたが、もし妻が申請を手伝っていなければ、伯父の入院はスムーズにいかなかっただろう。「区役所まで行ったときは体が辛かったけれど、介護認定が間に合って良かったわ」と、妻は伯父が無事入院できたことを心より安堵していた。しかし、伯父の入院中、妻は見舞いに行けないほど体が弱っていたのである。その後、伯父は私の知り合いのリハビリを行う病院に転院したが、妻は退院後の伯父の戻る場所まで心配していた。

妻は、伯父が亡くなる前に、六十三歳でがんのため他界した。妻の死を知った伯父は、私が訪ねるたびに「咲ちゃんには大変お世話になったよ。まだ若いのに、自分より先に逝ってしまった」「もう咲ちゃんは居ないんだね」と、涙ながらに胸中の悲しみを訴えていた。高齢の伯父は生きる希望を失い、落胆のあまり食欲を失ったようだった。次第に寝込むことが多くなり、妻の死の七カ月後に、まるで後を追うようにその生涯を閉じた。

妻は自分の幸福を求めていたわけではなかった、しかし、冒頭に引用したアドラーの「幸福になる唯一の道」すなわち、他人に多くを与える人生を歩んだ。夫の私ばかりでなく、老齢で孤独な伯父の心身をも支えたという、満ち足りた心を抱きながら亡くなったに違いない。

## 参考文献


『老いる勇気　これからの人生をどう生きるか』岸見一郎著　ＰＨＰ研究所　二〇一八年

『アルフレッド・アドラー　人生に革命が起きる１００の言葉』小倉広著　ダイヤモンド社　二〇一四年

『老後ひとりぼっち』松原惇子著　ＳＢ新書　二〇一六年

Julianne Holt-Lunstad et al. “Loneliness and social isolation as risk factors for mortality: a meta-analytic review,” *Perspect Psychol Sci* 10(2):227-37. 2015 Mar

『運動脳』アンデシュ・ハンセン著　御舩由美子訳　サンマーク出版　二〇二二年

# ドネーション（寄付）

## 得られる全てを得て、可能な限り節約し、全てを与えなさい

古来、髪には魂が宿るとされてきた。日本には「髪は女の命」という言葉があるほどだ。あるとき妻は、とても似合っていた見事な漆黒の髪を短く切ってしまった。よく手入れをし、肩よりはるかに下まで伸ばしていた髪を、である。「私、髪を切ったのよ、短くなったでしょう」と、珍しく頭の後ろを私に見せた。妻は日頃、身綺麗であればよいと考えており、ほとんどお洒落をすることはなかった。大事な髪を切ったのは、お洒落のためではないと、私は感じた。

そのしばらく前、妻が肺がんの友人を見舞いに行ったところ、「抗がん剤により吐き気があり、だるいのがたまらなく辛い。そのうえ髪の毛が抜け落ちるのは悲しい」と訴えられ

た。「苦しいのは抗がん剤を打っている間だけの一時的なものでしょう？　私は破壊性という関節症の痛みで毎日悩まされているのよと励ますことが出来たけれど、髪の毛が抜けたことには慰める言葉もなかった」と、妻は珍しく気落ちして話していた。いつも感心するほど会話に機転が利き、その場を和ませることが出来る妻が何も言えなかったのは、よほどショックだったのだろう。こうした会話の少しあと、自分の長い髪をばっさりと切ったのである。

ヘアドネーション、すなわち「髪の寄贈」とは、がんや白血病の治療による副作用や先天性の無毛症、不慮の事故などにより髪の毛を失った子供たちに医療用かつらを作るため、自分の髪の毛を贈ることである。

抗がん剤による脱毛で悩む友人の役に立ちたいと思った妻は、色々調べた結果、ヘアドネーションのことを知った。それで、肩の下まで伸ばしていた髪の毛を切ってしまったのだ。ヘアドネーションをしても、自分の髪がその友人に使われる可能性はほとんどないとわかっていたはずだ。しかし、友人の気持ちに少しでも寄り添いたかったに違いない。私の父が入院し手術をしたとき、付き添い以外に何もしてあげられることがないと言って、妻は献血を行った。自分の献血した血液が父に使われなくとも、何かをしないといたたまれなかったのだろう。やせ細った自分の身を顧みず、妻はその後も何かの折に献血を続けていた。

臓器移植とは、病気や事故によって臓器の機能が低下し、移植でしか治らない人に、他の人の骨髄、肝臓、腎臓、心臓などの臓器を移植し、健康の回復を図る医療である。善意による臓器の提供、そして、広く社会の理解と支援があってこそ成り立つ。臓器を与える寄贈者をドナー（donor）という。妻のように献血を行う人もドナーであり、英語では「blood donor」とよぶ。ラテン語の「dōnō」とは「与える」という意味で、ドネーション（donation）の語源となっている。

私が子供の頃、週末になると母の実家に行き、一緒に遊んだ従妹がいた。名は幸子である。彼女は骨髄異形成症候群という血液の病気で、正常な血液細胞が作れず、四十歳前半で骨髄移植を受けた。兄弟や両親の型が合わず、骨髄バンクに登録していた北海道のドナーから骨髄を提供され、築地の国立がんセンターで移植手術をしたのだが、骨髄移植は成功せず、二人の子供を残し他界した。「幸多かれ」と付けられた名前の通りにはならず、両親は人生これからの我が子を失い悲嘆に暮れていた。骨髄移植後に訪問した時、帰り際「杏ちゃん、私、大丈夫よね？」と不安そうに言った言葉と、一抹の怖れを持った背中が、今でも私の脳裏から離れない。

最近では日本でも「ドネーション」という言葉を頻繁に聞くようになった。約四十年前、米国のシラキュースに留学していた時、同じ病院のスタッフたちが「ドネーション」という言葉を日常的に使っていた。最初は意味が分からなかったが、新鮮で耳触りの良い響きの単語だった。頻繁に耳にするうちに、ドネーションとは寄付のことだと察しがついた。この言葉は記憶に強く残り、妻にもドネーションについて話をした。妻も私の同僚の奥さんとの会話の中で、聞いた記憶があったようだ。米国人は、だれでも、どこにでも、いつでも、気軽に寄付を行っており、日本人との習慣の違いを感じさせられた。日本では寄付というと、当時は「赤い羽根共同募金」と、お寺の修理やお祭りの時に回って来る町内会への寄付くらいしか思い出せなかった。

昔見たアメリカ映画で、教会の礼拝が終わると、最後に参列者が帽子を回し、その中にお金を入れるシーンがあった。キリスト教における寄付は、「隣人愛」の思想に基づくと言われている。アメリカの石油王だった資産家、ジョン・D・ロックフェラーは、熱心なキリスト教信者でもあった。旧約聖書の律法で定められていたとおりに、自分の得た収入の一〇パーセントを若い頃から教会に寄付していた。彼は得られる全てを得て、可能な限り節約し、全てを与えるという信条の下、医療、教育、科学研究促進を目的とした財団を立ち上げたという。千円札の肖像画にもなった細菌学者・野口英世がロックフェラー研究所に所属していたことは、よく知られている。

日本でも古くは奈良時代に、僧・行基が中心となり東大寺の大仏を建立するため寄付を募ったという。神や仏に施しを与えることで、自分自身も利益を受けられる「御利益」という現世的な考えであったが、昔から宗教活動に寄付を行っていたことは称賛に値するだろう。その素地もあり、地震や津波、集中豪雨などの災害復興のために、様々なルートを通して寄付が募られ、何億、何百億円単位のお金が集まることが多くなったのだろう。

最近では、インターネットを通して自分の活動や夢を発信することで、その想いに共感した人や活動を応援したい人たちから「クラウドファンディング」という方法が広がっている。SNS（ソーシャル・ネットワーキング・サービス）を活用した寄付の一種で、広く寄付を募ることができるため、かなり成功しているようである。先日、女性医学研究者育成のためのクラウドファンディングをインターネットで見つけた。しかも、私の母校で行っていることが分かった。亡くなった妻の「あなたが教育した医師たちでしょう？　彼女たちが成長するために、お金を必要としているのよ、是非寄付しなさいよ」との声が天から聞こえたような気がして、早速寄付をした。このクラウドファンディングは短期間で目標額が達成されたようだ。

妻は最低限の生活ができれば十分と考え、贅沢をひかえ、亡くなる十数年前より国境なき医師団、生き物や自然を守る団体などに毎年寄付を続けていた。災害時にも、悲惨な現場を見るたびに、積極的に郵便局や赤十字を通じて寄付を行っていた。

お金による寄付だけでなく、妻は自分の髪や血液といった体の一部も惜しみなく他人のために差し出した。そうした無私の行為が、妻の決して長くはなかった生涯を悔いなきものとしていたと私は思いたい。


参考文献

『ロックフェラー お金の教え』ジョン・D・ロックフェラー著 中島早苗訳 サンマーク出版 二〇一六年

## 内なる成功

「なぜ富豪のリストはあるのに、満ち足りた人生を送っている人のリストはないのだろう」

（ロルフ・ドベリ『Think clearly』より）

人生の成功とは何だろうか？　多くの人はお金、名誉、職場や社会での地位、他人からの評価などに価値をおき、それらが得られることが成功と思いがちだ。米国の経済誌「フォーブス」は個人がどのくらい資産を持っているかを、毎年世界の長者番付として発表している。

同じようなランキングは資産ばかりでなく、最も年俸の高いスポーツ選手、最も収入の多い芸術家、最も売れた本、最も読まれた作家、最も影響力があるＣＥＯ、など数限りなく存在する。引用された論文が多い研究者、手術数が多い病院、会社の人気度、有名大学に数多く入学した高校等、あらゆる部門でランキングが氾濫し、目指すべき目標はここだ、といわんばかりに、雑誌、新聞、インターネットなどのメディアを通じて報道されている。大多数の人たちは、こうしたランキングを見て、高位の人を成功者と見做すだろう。ランキングそのものが我々の誘導灯となってしまい、その分野の上位に入ることを人生の目的としてしまいがちだ。

ランキングは数値で提示されるので、あたかも客観的なデータであるように信じ込んでしまう。数値は文章による情報に比べると客観性が高く、受け手の判断のブレが小さくなり、記憶や印象にも残りやすい。しかし、注意すべきことが二、三存在する。数字はメッセージ性が強いがゆえにそれが独り歩きしてしまい、まんまと欺されてしまいかねないことだ。

病院や医師の評価を手術数の多さで行うことが多くなり、毎年毎年、週刊誌等に掲載される。最近は事実に基づいているようだが、昔は数を過大に自己申告していた時代もあった。それに、数だけを見て、それを頼りに医師や病院を選ぶことが、必ずしも良い医療を受けられるとは限らないだろう。ある脳外科医は「手術を行う前に、本当にその手術が必要かどうか、本当に患者さんの体を切らなければならないかを、よく考えなさい」という恩師の戒めを忠実に守り、手術を行うべきか否かを綿密に考え抜いているという。この医師の手術数は、必ずしも多くはない。しかし、患者さんから絶大な信頼を得ている。

次に、ランキングの定義は時代や社会背景によって変わり、社会的評価も異なる。現代の成功者は、フォーブス誌に代表される、所得すなわちお金によるものであるが、狩猟、採集生活をしていた時代は最も多く獲物を獲ってきた人であり、戦国時代は最も多くの敵を殺した人が高い評価を受けたはずだ。生まれた時代によって成功の基準や定義は異なり、成功を誘導する指標の先に、必ず良い人生が待ち受けているとは限らない。

「なぜ富豪のリストはあるのに、満ち足りた人生を送っている人のリストはないのだろう」と『Think clearly』の著者、ロルフ・ドベリは重要な問いかけを行った。

彼は、フォーブス誌のような資産や収入を基準としたランキングの代わりに、まったく異なる「成功の定義」を紹介した。この定義は、実は二千年以上前から存在しており、この定義における成功は、社会の評価に左右されることなく、通俗的なランキングの対象になることもない。

その定義とは「内なる成功こそ、真の成功」というもので、内なる成功とは、心の充実や平静さを手に入れることである。平静さ、すなわち「平静の心」を保つことは、幸福な人生をおくるために最も有効な手段の一つであると同時に、ギリシャの哲学者エピクロスやブッダ（釈迦）などが求めた、古今東西で理想とされる心の状態でもある。

「平静の心」とは、乱されない心の状態で、激しい情熱や欲望にとらわれない自由な心、渇愛からの解放である。不運に見舞われても取り乱すことがなく、高く飛行しようが緊急着陸しようが、心の乱れがおこらない状態を指す。

医療の領域で「平静の心」を持つことの重要性を、米国近代医学の父と呼ばれるウィリアム・オスラーも説いた。診療している時の、感情や意思を抑えた医師の顔つきは、患者にとって千鈞の重みを持つ。医療を行う際、最も心がけるべきことは、状況の如何にかかわらず、冷静さと心の落ちつき（平静の心）であると、オスラーは力説している。我が国にも「不動心」という言葉がある。何事にも動じない精神、何事にも動じない心のことで、「平静の心」と相通じるものだ。

平静の心を得るために第一に必要なものは、周囲の人たちに多くを期待しないことである、と前述のオスラーは述べている。私たちの人生に関わりをもつのは、清廉潔白で信頼の置ける人間ばかりでない。物好きで、風変わりで、気まぐれで、嘘つきで、かつ空想家もいるかもしれない。多種多様の要素が混在した不可解な存在であろう、これらの人たちに期待しないということだろう。しかし、こうした人々の特徴は、翻って考えると我々自身の欠点でもある。

周囲の人に過度な期待をしないことにより、平静な心は得られるかもしれないが、まず、その前に、我々自身が信頼される人間になることも肝要であろう。そして、仲間に対し、限りない忍耐と絶えざる思いやりの心を持てば、相手も同じような態度をとるはずだ。

妻は「他人にそれほど期待しない」という生き方で、心の平静を保ってきた。「期待をしない」ということは、妻にとって他人を無視することではなかった。むしろ、他人を最大限尊重し、自分がその信頼に足る人間になるよう努力してきたように思える。

平静な心を保つとき、第二に必要なのは、鈍感な感受性であろう。感受性の鋭さはそれだけで優れた美徳だが、落ち着いて判断を下すときには、あるいは細心の注意を払って物事を行うときには、ある程度感受性が鈍い方が都合良い、とオスラーは述べている。

自分の心を平静にするには、並大抵でない訓練を必要とするだろう。すべての鍛錬は、危機や惨禍に対して常に心を平静に保つためにあると、新渡戸稲造は考えていたようだ。心の中の葛藤に打ち勝つ平静の心を得るには訓練が必要であり、実体験を重ねる必要がある。

妻が折々に口ずさんでいた座右の銘は、江戸幕府の開祖である徳川家康の遺訓とされる、人の一生は重荷を背負って、遠くへ行くようなものだ、不自由を常と思えば不足なく、いかりは敵と思え、おのれを責めて人を責めるな、というものであった。病気のため、人生における平穏無事は長く続かなかったが、妻は自分の心をいちずに鍛錬してきた。

妻は日頃、世間が成功と考えているお金、名誉、地位や他人の評価には一切関心がなく、それらは人生の目標や目的ではなかった。悪性腫瘍に襲われても、一切泣き言や不平を言わず、平静の心を持ち、逆に、私の健康を気遣っていた。
妻こそ、内なる成功を収めた人であったと思う。

参考文献


『Think clearly 最新の学術研究から導いた、よりよい人生を送るための思考法』ロルフ・ドベリ著 安原実津訳 サンマーク出版 二〇一九年
『平静の心 オスラー博士講演集』日野原重明、仁木久恵訳 医学書院 一九八三年
『武士道』新渡戸稲造著 奈良本辰也訳・解説 三笠書房 一九九七年
『超約版家康名語録』榎本秋編訳 ウェッジ 二〇二二年

# 死と生の意味

## 「死ぬことは生きることだ」

（林田憲明『「生ききる」力』より）

地球上の生命体は生まれた時から死がプログラムされており、死を免れることはできない。例えば象もハツカネズミも十五億回心臓が打てば死を迎えるという。哺乳類は皆同じだけ生きて死んでゆく。そうすると、人間の心臓が十五億回打つ時期は二十六・三歳であり、その年齢が寿命となる。しかし、低栄養の克服、医療の向上、衛生関連の啓蒙活動などにより、人間の寿命だけが長くなり、百歳をも超えるお年寄りが毎年増えている。私たちが入居している老人施設での最高年齢は百七歳である。ただ、それでもせいぜい百二十歳が最長で、死から逃れることはできないであろう。

私たちの日常の生活で「いつか」死ぬ、その「いつか」が今日、明日かもしれないと、私たちが意識することはほとんどないはずだ。健康であれば、つい、死は遠い先のことのように感じてしまいがちである。極端だが、何歳になっても自分が死ぬとは本気で思っている人は誰もいない。たとえ人は死すべきものと分かっていても、私たちの多くは、死を無意識のうちに避けて生きているのだろう。

しかし、意識しようがしまいが、死は必ずひたひたと近づいて来る。たとえ、人生の絶頂期であっても、私たちはすべからくこの世において「死ぬはずのもの」であることを思い浮かべるべきなのだ。古来「メメント・モリ」すなわち「死ぬことを忘れるな」という警句があるように、常に、死と対峙する意義も欠かせないということであろう。

一方、死は避けることが出来ない根源的な苦悩である、と仏教は説いている。苦悩を乗り越えるために、死についての意味付けを考えざるを得ない。

第二次世界大戦中、多くのユダヤ人たちがガス室に送られ、生命を奪われた強制収容所で、死の意味・意義について、命を懸けて考え抜いた一人のユダヤ人がいた。彼はもし、自分が死なねばならない運命ならば、その死で自分が愛する母親の命が永らえることが出来るよう、自分の命を母に送（贈）りたいと願った。収容所の彼は天と契約を結んで、自分の死に意味を持たせることにより、理不尽な自分の死を甘んじて受け入れる覚悟ができたというのである。これは収容所にいた精神科医V・E・フランクルが著書『死と愛』の中で紹介しているエピソードである。

同様に、太平洋戦争の末期に、片道の燃料しか搭載されていない特攻機で日本の若きパイロットたちは避けようのない死を前にした。家族のため、国のためなどと、苦悩の末自分の死の意味や意義を見出さざるを得なかった。

自分の死に計り知れない意味を持たせた存在といえば、イエス・キリストであろう。イエス・キリストは罪多き民衆の身代わりとなり、刑罰を受け十字架上で死んだ。それゆえ、神の子となり、キリスト教が生まれた。

死は生の有限性、時間性を私たちに認識させてくれる。有限性、時間性は生の本質的な特徴であり、人生の時間を余すところなく利用することを我々に促してくる。こう考えると、死はまさに人生の一部である。イエス・キリストや、ナチスに迫害を受けたユダヤ人、我が国の特攻隊員のように、死の意味をことさら考えなくとも、いかに死ぬかは、いかに生きるかに関わっている。そして、よく生きたものには、潔い死や穏やかな死が訪れると林田憲明は述べている。見事な死は他者の心に生き続けるという意味で、死ぬことは生きることであるとも言える。

妻は、食道がん、頭蓋底腫瘍のため、晩年の一年数カ月は長い入院生活の繰り返しであった。最初は原因のわからない腹水から、闘病が始まった。食道がんは、腹水の原因精査を行っていたところ、たまたま内視鏡で診断されたのである。食道がんは初期であったので、妻の体力を考え、放射線療法の一種である陽子線照射を受けることになった。東京では陽子線療法を行う病院がなく、つくば市の大学病院で約一カ月半入院し治療を行った。

週末の土曜、日曜には、私が見舞いに行ったものの、週のうち五日間は、一人孤独で単調な闘病生活を送らざるをえなかった。しかし、妻は、寂しいとか辛いという言葉は一切言わなかった。それどころか「私は大丈夫です、あなたこそ健康に気を付けて」と私の身体を心配するメールをいつも送ってくれていた。放射線療法のためか食欲が落ち、点滴による栄養補給を受けざるを得なかったが、「食事はちゃんと食べていますか、栄養を十分取ってください」と私の食事のことばかり気にかけていたのである。

九カ月後、今度は、頭蓋底腫瘍が見つかり、私の母校である日本医科大学付属病院に入院して手術を受けた。その後、腫瘍の全身転移のため、他界した。

最後の入院中も、妻は自分のことより私のことばかり心配していた。私が行くと、いつもニッコリと笑顔で迎えてくれた。妻の笑顔は、私を心配させないためだったのだろう。そう言えば、妻の両親ががんで亡くなった時も、二人とも、私たちが訪問すると笑顔で迎えてくれていた。

腫瘍の肺転移により胸水が溜まって呼吸困難が出始め、また骨転移による疼痛も訴えていた。病気の性質上、妻の死は、老衰のような穏やかな死とは言いがたかったが、死に対する恐怖は微塵も見せなかった。医師として、妻の死を看取るだけで、死を戻せない私は全く無力であった。ただ、夫として、そばにいてやるのみであった。その後、痛みの緩和のために意識を落とした状態が三日間続き、呼吸数が少なくなるとともに、大きな呼吸となり、その後静かに息を引き取った。

「人間は生きてきたようにしか死ねない」というのは本当だろうか。日本で初めて末期がんのホスピス・プログラムをスタートさせ、数多くの患者を看取った柏木哲夫は、そのことを実感していると述べている。周りに感謝して生きてきた人は、医療スタッフにも感謝して亡くなり、不平ばかり言って生きてきた人は、不平ばかり言って亡くなり、周りの人に命令ばかりしてきた人は、医療担当者や介護スタッフに命令ばかりして亡くなり、自分を自制できず、かんしゃくばかり起こして生きてきた人は、周りの人にかんしゃくを起こしながら亡くなり、わがままな人は、周りの人にわがままを通しながら亡くなる。

私も、妻だけでなく多くの患者さんの死を通して「人間は生きてきたように死んでいく」と実感している。医局の秘書は生前の妻のことを「気配りがある」と言っていた。妻は入院中、夜間のコールをなるべく控え、忙しい看護師さんの仕事の邪魔にならないよう、亡くなるまで、医療スタッフに気遣っていた。

よき生というものは、何かと尋ねられれば、前向きな人生、それから周りに感謝できることに集約されるだろうと前出の柏木は考えている。それに、私が付け加えるとすれば、「他人のために生きる」ということであろう。

人はこれまで生きたように、生きつづける。死はその延長上にある。そうすると、死に意味を持たせ、いかに死ぬかは、いかに生きたかにかかっている。そして、純然たる生き方はたとえ死んでも他人の心に生き残る。私がそう思うに至ったのは、妻の生と死から学んだのである。

参考文献

『「長生き」が地球を滅ぼす　現代人の時間とエネルギー』本川達雄著　文芸社文庫　二〇一二年
『フロイト講義〈死の欲動〉を読む』小林敏明著　せりか書房　二〇一二年
『存在と時間　上下』マルティン・ハイデッガー著　細谷貞雄訳　ちくま学芸文庫　一九九四年
『「死」とは何か』シェリー・ケーガン著　柴田裕之訳　文響社　二〇一八年
『死と愛』ヴィクトール・E・フランクル著　霜山徳爾訳　みすず書房　一九五七年
『「生きる」力』林田憲明著　冬樹舎　二〇二〇年
『「死にざま」こそ人生「ありがとう」と言って逝くための10のヒント』柏木哲夫著　朝日新書　二〇一一年

# おわりに

**「私達の心の枝に幸せの花を**
**咲かせてくれてありがとう。**
**巡る季節の中**
**いつも優しく他人を優先してきた**
**あなたを忘れない」**

妻が永逝して間もない時期に、妻を良く知っていた方から一編の詩が手向けられた。詩は妻の名前である「咲子」という字を巧みにちりばめている。自分より常に他人を優先した妻のことを、いつまでも私たちの心の中にしっかりと留めておきますというメッセージが色紙に添えられていた。この詩を受けとった時には、妻を失った寂寥感と、妻のことをそのように思ってくれる人がいるという嬉しさが複雑に絡み合い、涙がとめどなく流れた。まるで、心の堤防が決壊したかのように。

体重が四〇キログラムしかなかった妻を木にたとえるなら、実に か細い幹であったが、大きい枝を張ってたくさんの葉を茂らせ、炎天下では日陰を作り、雨の時は雨宿りさせ、守ってくれた。自分のつける花は少ないが、他人の木には多くの花を咲かせてくれたように思える。

妻が早世したのは、細い華奢な幹だったのにもかかわらず、多くの枝を張り、葉を付け過ぎたためではないか。それゆえに、ちょっとした風にも幹が耐えられず、ポキンと折れてしまったのだ。木を立派に成長させるには、余分な枝を切り、下草を刈って幹を丈夫にしてやらなければならない。自分の体を壊してまで、その枝を精一杯広げようとした妻の行動に、私が時には強くストップをかけ、もっと幹を太く丈夫にさせるべきだったのではないかと悔やんでいる。無理をしないようにと強く忠告したこともあったが、妻の生き方は変わらなかった。「他人のために役に立たなければ生きる価値がない」という強靱な信条がそうさせたのだろう。

第二次世界大戦中、ナチスドイツの収容所で辛くも生き残った心理学者、V・E・フランクルは、「人間にとって重要なのは、快楽や権力ではなく、しかしまた自己実現でもなく、むしろ意味充足である」と、意味中心療法を編み出した。妻もまた人のために役に立つということに人生の意味を見出していたのである。人生に勝ち負けはないが、生の意味を充実させるという点では、人生の勝者であったかもしれない。

通常、人はいろいろなことをやり残して逝ってしまう。完全に身辺整理をしたうえで亡くなる人は稀であろう。仕事にせよ、家の中の事にせよ、中途半端なまま亡くなっていく。しかし、妻の場合は身辺整理を充分考え、徹底的にやり遂げたと言ってよいだろう。

妻が唯一、やり残したことと言えば、自分の葬儀の手配であろう。「このくらいはあなたやってよ」と伝えているようでもあり、私にとってはそれが嬉しかった。オペラをはじめ音楽が大好きだった妻のために、音楽葬で見送ることにした。この葬儀を執り行うことができたのは、妻を知っていた医局員たちの、心のこもった助言と支援のお陰であった。

喪失感と悲嘆のなか、葬儀までの一週間のあいだに参列者に配る挨拶状を私は一気に書き上げた。まるで、何者かにつき動かされているかのようだった。挨拶状の内容は「はじめに」で記したとおりである。

葬儀が終了した直後はともかく、しばらくしてから、私は自分が変になったのではないかと思い始めた。路上で背格好の似た人を見かけると、妻ではないかという幻想を抱くようになったのだ。それもその人が近づいてきて、私に会いにきてくれるという幻覚に襲われた。時間と共にそのような幻覚は薄れていったものの、毎日の生活の中で妻が隣にいないという喪失感は、何年経っても亡失するものではなかった。

紀元二世紀後半にローマの哲人、マルクス・アウレリウスが、死は人生の一部であり、死ぬことも人生の行為の一つであるという言葉を残している。また、ギリシャ神話によると、眠りの神（ヒュプノス）と死の神（タナトス）は兄弟であり、死は特別なことではなく、最後の眠りであるともいえる。死は眠りの続きであり、兄弟であると、オスカー・ワイルドは小説『幸福な王子』の中で、死に対する恐怖心を取り除いてくれている。

人の身体的な存在は無に帰しても、妻の精神は死によってなくなるものではない。私は次第にそう考えるようになった。

妻は辛いこと、苦しいことに弱音を吐かず、くじけず、人を裏切らず、「何時《いつ》も優しく、人の為に役立とうと、他人を優先してきた」のだった。そんな妻の生き方を記し、残すのが自分の務めと思い、本書の執筆にとりかかった。

二〇二四年二月四日　立春

水野杏一

参考文献

『人間とは何か　実存的精神療法』ヴィクトール・E・フランクル著　山田邦男監訳、岡本哲雄・雨宮徹・今井伸和訳　春秋社　二〇一一年

『自省録』マルクス・アウレーリウス著　神谷美恵子訳　岩波文庫　二〇〇七年

『幸福な王子』オスカー・ワイルド著　西村孝次訳　新潮文庫　一九六八年

## 謝辞

医学論文しか書いたことがない私が妻の生き方について、随筆風にまとめたのがこの本である。この本は、妻の中学時代から交流があり、今も亡き妻宛に手紙をしたためてくれる友人、妻を我が子のように可愛いがってくれた父・剛、母・喜久の慈しみ、妻を厳しく、そしていたわりの心を持つように育ててくれ義父・青木正美、義母・とめの愛情、粗雑な科学論文調の日本語を感心するような分かりやすい日本語に直してくれた藤田淑子さん、本の校閲を他の追従を許さないほど見事なまでに行い、編集を担当してくれた田代安見子さん、最後に人の生き方を示してくれた妻の生の歩みがなければ日の目を見ることはなかったろう。

# 水野咲子　略年譜

一九五一年十二月十四日　東京都文京区本駒込にて出生
一九五八年四月　文京区立駒本小学校入学
一九六四年四月　桜蔭学園桜蔭中学校入学
一九七〇年三月　桜蔭学園桜蔭高等学校卒業
一九七一年四月　東京大学理科一類入学
一九七二年　体重減少の原因精査目的のため日本医科大学付属病院に入院。著者がBSL（ベッドサイドラーニング）の時の受け持ちになる
同年　鎌倉アルプスにハイキングに行く。これが後の登山のきっかけとなる
一九七五年三月　東京大学薬学部卒業
一九七五年五月　著者と結婚
一九七九年　夫の防衛医科大学校転勤のため、埼玉県所沢市に移転
一九七九年～八一年　米国ニューヨーク州シラキュースに留学する夫に同行し、シラキュース大学で織物を学ぶ。この頃からオペラやモダンダンスに触れる
一九八一年　米国より帰国
一九八六年　手に破壊性関節症を患ったことでゴルフの代わりにできることとして、二人で奥武蔵の山々のハイキングを開始する

一九九〇年　東北の名峰鳥海山登山を行う
一九九二年　北アルプスの奥穂高岳の登山にも挑戦
一九九四年　夫の日本医科大学千葉北総病院への異動に伴い、千葉ニュータウンに移転
一九九五年　中央アルプスの駒ヶ岳の登山にも挑戦
一九九七年　槍ヶ岳登山を行う
二〇〇〇年　日本第二の高山である南アルプスの北岳登山
二〇〇七年　夫の日本医科大学付属病院への異動に伴い、東京都文京区弥生に移転
二〇〇九年　東京都港区白金に移転
二〇一三年　意識消失発作を起こす
二〇一四年　内視鏡にて食道がんと診断される。筑波大学附属病院にて陽子線治療を行う
二〇一五年　前年の暮れに頭蓋底腫瘍が見つかり、日本医科大学付属病院で手術を受ける
　同年三月　腫瘍の転移により死去
二〇二三年二月　オペラを愛した妻の遺志に基づき、新国立劇場オペラ研修所において将来を期待される歌手を支援する「水野咲子オペラ歌手奨励金制度」を開設した

著者略歴
水野杏一（みずの　きょういち）
1973年、日本医科大学医学部卒業。1979年、日本医科大学大学院医学研究科（臨床医学系第一内科学専攻）修了。医学博士。2007年、同大学内科学（第一内科学、のち循環器内科学に改組）主任教授。2011年、同大学医学部長。2012年、同大学大学院医学研究科教授。2013年、日本医科大学定年退職。同大学名誉教授。三越厚生事業団常務理事。

“The Lancet” “The New England Journal of Medicine” などに論文を多数掲載。『循環器内科学』（丸善出版　2010年）、“Coronary Angioscopy”（Springer　2015年）など編書多数。

**いのちの生《い》かし方《かた》　人《ひと》はどう生《い》きるか**

2024年9月11日　初版第1刷発行

著　者　水《みず》野《の》杏一《きょういち》

発　行　株式会社文藝春秋企画出版部

発　売　株式会社文藝春秋

〒102-8008　東京都千代田区紀尾井町3-23

電話　03-3288-6935（直通）

装　丁　河村誠

装丁イラスト　やさきさとみ

本文デザイン　落合雅之

印刷・製本　株式会社フクイン

万一、落丁・乱丁の場合は、お手数ですが文藝春秋企画出版部宛にお送りください。
送料小社負担でお取り替えいたします。
定価はカバーに表示してあります。

ISBN978-4-16-009069-9